유산

유산 2 (큰글씨책)

초판 1쇄 발행 2019년 4월 10일

지은이 박정선
펴낸이 강수걸
편집장 권경옥
펴낸곳 산지니
등록 2005년 2월 7일 제 333-3370000251002005000001호
주소 부산광역시 해운대구 수영강변대로 140 BCC 613호
전화 051-504-7070 | 팩스 051-507-7543
홈페이지 www.sanzinibook.com
전자우편 sanzini@sanzinibook.com
블로그 http://sanzinibook.tistory.com

ISBN   978-89-6545-595-0 04810
       978-89-6545-593-6 (세트)

유산

②

박정선 장편소설

산지니

차례

땅

그들이 땅을 내놓으라고 했다. 조상이 황무지를 피눈물로 일구어 놓은 땅을 찾듯이, 땅을 내놓으라고 했다. 땅이 울었다. 조상이 일제에 충성을 바쳐 차지한 땅을 겁도 없이 내놓으라고 할 때마다 땅이 땅을 치며 울었다. 조상이 손바닥 발바닥이 터지도록 경작한 땅을 억울하게 빼앗긴 것처럼 땅을 내놓으라고 할 때마다 땅이 울며불며 말했다. 땅은 민족의 탯줄이라고, 민족에게 고운 젖을 먹여 기르는 어머니라고, 그들은 제 어미의 숨통을 밟고 권력을 휘두른 폐륜아였다고, 그때마다 땅속으로 땅속으로 화석 같은 피멍이 들었다고 통곡했다. 그래도 그들은 땅을 내놓으라고 했다. 자꾸만 조상이 물려준 자기네 땅이라고 우겼다. 끝내 땅이 분노했다. 수십 년 동안 제 어미의 숨통을 비틀며 안락했던 폐륜을 더 이상 용서할 수 없다고……

— 땅을 찾기 위해 몸부림치는
친일파 후손들을 바라보며

유신을 용납할 수 없었던 아버지는 학교를 그만둔 다음 그림을 그린다면서 어딘가로 돌아다녔다. 그리고 달라지지 않는 세상을 한탄하면서 술을 많이 마셨다. 간이 나빠졌다. 병원에 입원할 정도로 병이 악화되었는데도 아버지는 술이 아버지를 살린다고 했다. 아버지의 허탈은 그 무엇으로도 대신할 수 없었다. 나는 대학생이 되어 법을 공부하면서 비로소 유신헌법의 속성을 알게 되었다. 그리고 아버지를 이해할 수 있었다. 유신헌법에 따라 대통령이 장악한 권력에 경악을 금치 못했다. 그것은 삼권분립과 견제와 균형이라는 의회 민주주의의 기본원칙을 전면 부정해 버린 것이었다. 반대세력의 비판을 원천봉쇄해 버린 것, 국민기본권을 대폭 축소하고 입법부의 국정감사권을 박탈해 버린 것, 사법적 헌법보장기관인 헌법재판소를 정치적 헌법보장기관인 헌법위원회로 개편한 것, 긴급조치권과 국회해산권을 대통령에게 부여하여 대통령에게 초헌법적 권한을 갖게 한 것은 과거 제왕만이 가질 수 있었던 절대권리였다. 17세기 프랑스 루이 14세가 자신을 가리켜 "짐이 곧 국가"라고 했던 것처럼 대통령이 곧 법이요 진리요 국가였다.

그리고 1978년, 70년대의 유신시대가 막바지로 접어들었다. 이젠 체념할 듯도 한데 대학생들은 끝까지 유신을 용납하지 않으려고 했다. 그해 6월 12일 대학생들이 유신체제 철폐와 학원민주화를 선언하고 나섰다. 서울시내 대학생들이 광화문에서 유신 반대 가두시위를 벌였다. 나는 그냥 바라만 보고 있었다. 나는 고교시절부터 대학까지 단 한 번도 데모에 나가지 않고 공부만 열심히 한 덕택에 재학 중 사시에 합격하는 행운을 얻었다. 비교적 빠른 편이라 주변에서 소년등과라며 칭찬이 자자했다. 그리고 곧이어 사법연수에 들어가야 했다. 연수 기간은 2년이고 서너 달마다 10과목 시험을 쳐야 했다. 연수 성적에 따라 판, 검 임명이 달려 있는 탓에 어쩌면 사시보다 더 힘든 과정이었다. 연수가 끝날 때까지 외부와 접촉을 끊는 것이 상책이었지만 나와 동시대를 살아가는 수많은 대한민국 대학생들 데모를 눈으로 바라보는 것만이라도 해야 할 것 같았다. 도무지 안 되는 줄 알면서도 시위를 할 수밖에 없는 학생들이 안타까웠던 것은 아버지가 안타까운 탓이었다. 그날도 아버지를 생각하면서 안타까운 마음으로 학생들을 바라보는데 나처럼 학생들 시위를 바라보던 어떤 시민이 "얘들아, 이제 다 끝났다. 차라리 포기해 버리고 사는 게 속이라도 편하지." 라고 했다. 그때 아버지도 병석에서 "학생들도 머지않아 다 포기하게 될 것이다. 영원한 밤이 계속 될 것이야. 대한민국은 그의 것이고 그는 원하는 것은 무엇이나 다 가질 수 있으니까." 라고 했다. 그런데 정말 그랬다.

학생들의 저항에도 아랑곳하지 않고 1978년 7월 6일 통일주체국민회의 대의원들이 뽑는 대통령 선거가 실시된 것이었다. 그는 대한민국 제9대 대통령선거에 혼자 나와 일등을 했다. 대의원 2,583명 가운데 2,578명이 참여하여 2,577표를 얻었다. 딱 한 표가 무효표로 처리된 탓에 99.9퍼센트라고 했다. 한 사람이 계속해서 다섯 번이나 대통령이 된 것이었다. 이런 현실을 쌍수를 들어 찬양하거나 아니면 침묵하는 게 살아남는 길이었다. 만약 이런 현실을 부정하거나 비판할 경우 빨갱이로 몰리는 것은 상식이었다. 상식대로 어떤 언론은 이를 찬양했고 어떤 언론은 사실 그대로만 보도했다. 그래도 살얼음판을 딛고 비판하는 사람들이 있었다. 잡히면 유신을 반대하는 빨갱이로 몰려 다시는 세상을 구경할 수 없을지도 모르는 위험을 무릅쓰고 시민단체들이 비밀리에 전단을 뿌려댔다. 그 가운데 대한민국 문교부가 발행한 중학교용 반공교과서 내용을 인용한 전단이 입도 벙긋 못하는 국민들의 가슴을 시원하게 뚫어 주었다.

"공산 국가에서도 형식상 선거를 치른다. 그러나 그 선거는 민주주의 국가에서 실시하고 있는 선거와는 다른 일종의 사기행위이다. (…) 우선 공산국가의 선거에서는 단 한 사람의 입후보자에 대하여 찬성이냐 반대냐 하는 것을 표시할 수 있을 뿐이다. 그러나 유권자는 찬성할 수 있는 자유는 있어도 반대할 수 있는 자유는 없다. 선거라고 하는 것은 글자 그대로 많은 사람 중에서 적격자 한 사람을 고르는 선택행위인데 입후보자가 한 사람밖에 없다는 것은 벌써 선거로서의 의미가 없는 것이다. 그들의 선거 결과는 항상 99% 이상의 투표율과 99% 이상의 찬성으로 나타난다. 이런 선거 분위기 속에서 반대를 한다는 것은 상상조차 할 수 없는 일이다. 따라서 공산당의 명령에 복종해야 할 의무만이 있을 뿐 다른 어떤 권리도 인정되지 않는 것이 바로 공산주의 국가들임을 알 수 있다.

— 중학교 교과서『승공통일의 길 2』, 47, 52, 53쪽

시민들이 전단을 주워 들고 감탄을 금치 못했다. 우리나라 문교부가 만든 교과서에 나온 내용을 그대로 따온 것 때문이었다. 교과서는 공산주의 국가에서도 형식상 선거를 치르지만 그것은 민주주의 국가에서 하는 선거와 달리 일종의 사기 행위라고 했다. 그리고 사기 행위인 이유를 밝혀 놓았다. 먼저 선거라는 것은 많은 사람 중에서 적격자 한 사람을 고르는 선택 행위인데, 단 한 사람의 입후보자에 대한 찬성이냐 반대냐를 묻는 선거이기 때문이고, 입후보자가 단 한 사람밖에 없다는 것은 선거로서 의미가 없다는 것이었다. 그리고 그들의 선거 결과는 항상 99퍼센트 이상 투표율과 99퍼센트 이상의 찬성으로 나타난 까닭이라고 했다. 재미있는 것은 '단 한 사람의 입후보자에 대하여 찬성이냐 반대냐 하는 것을 표시할 수 있을 뿐이다. 그러나 유권자는 찬성할 수 있는 자유는 있어도 반대할 수 있는 자유는 없다.'는 대목이었다.

전단 내용은 그야말로 비판이나 주관적 생각이 단 한 자도 없는 완벽한 객관적인 내용이었다. 더욱이 유신체제에 맞추어 제작된 교과서였으므로 누가 나무랄 수도 따질 수도 없고, 법으로 옭아맬 꼬투리를 찾을 수도 없었다.

"완벽한 비유구나."

아버지는 탄복하면서 긴 한숨을 퍼냈다. 우리 교회 청년부에서도 전단을 돌려 읽으며 감동을 주체하지 못했다.

"유신체제의 본질을 확 까발려 놨군."

"이 기막힌 해학성에 난 숨을 못 쉬겠어."

"난 전율했다. 이건 최고의 예술이야."

"맞아, 이건 창자가 끊어지도록 폐부를 흔들어 버린 절창이라구."

우리 교회뿐만 아니라 대한민국 시민들이 잠시나마 답답한 속을 풀어냈다. 그런데 그뿐이었다. 권력은 비판과 욕을 즐기는 묘한 성미를 가진 것처럼 유신정권은 줄기차게 전진했다. 이제 영원한 밤이 계속 될 것이라는 아버지의 예언대로 세상은 갈수록 어두워져만 갔다. 대한민국에서 그는 자신이 원하는 것은 무엇이나 다 가질 수 있을 것 같았다. 죽음도 뛰어넘을 것 같았다. 한 치 앞을 모르는 게 인간사라는 말도 그와는 무관할 것 같았다.

그런데 1979년 10월 27일 이른 아침, 뜻밖의 속보가 우리를 어리둥절하게 만들었다. 10월 26일 늦은 밤 안가에서 벌인

술판에서 그가 자신의 오른팔 중앙정보부장의 총탄에 쓰러져 비로소 그 질긴 욕망을 끝낸 것이었다. 아버지는 산 하나가 벼락같이 달려와 이마에 딱 부딪친 느낌이라고 하시면서 반가워 덩실덩실 춤이라도 춰야 할 텐데 허탈하다고 했다.

"우리가 바라는 것은 그따위 치졸하고 어이없는 죽음이 아니었다."

아버지는 너무나 많은 것들이 그의 욕망 아래 쓰러졌기 때문에, 우린 너무나 많은 것을 빼앗겼기 때문에 오히려 허탈을 주체할 수 없다고 했다. 일제처럼 채울수록 배고픈 권력 욕망은 자신 스스로 끝내지 못하고 타의에 의해 종말을 고하기 마련이라는 것을 안타깝게도 그는 깨닫지 못한 탓이라고 했다.

신은 누구에게나 공평하게 죽음을 주었고, 그래서 영원히 대통령을 하겠다는 그도 결국엔 죽었을 뿐이었다. 이제 그쯤에서 모든 것이 끝나는 줄 알았다. 그러니까 내가 태어나 일곱 살 때 대통령이 되어 대학을 졸업할 때까지 대통령을 한 무소불위의 권력이 종지부를 찍는 줄 알았는데 아버지는 끝이 아닐 거라고 했다.

"장장 18년 독재 권력의 뿌리가 장본인이 사라졌다 하여 쉽게 끝나는 게 아니다."

"국민들은 그렇게 생각하지 않은 것 같아요. 세상이 축제분위기잖아요."

"그렇지가 않다. 18년 동안 뻗은 뿌리가 만만치 않을 거야."

아버지의 예언은 정확하게 들어맞았다. 그가 사라지고 숨도 돌리기 전에 또다시 그와 비슷한 군인이 등장한 것이었다. 나라는 비상계엄 아래 있고, 느닷없이 육군참모총장을 구속하는 하극상 사건이 일어나면서 이번에도 군인이 국가보위비상대책위원회를 설치하고 상임위원장이 되어 국민 앞에 나타난 것이었다.

전국 곳곳에서 대학생들이 군인 물러가라는 데모를 하기 시작했다. 격렬했다. 이번에도 쿠데타 군인정권이 들어설지도 모른다는 두려움 때문이었다. 전라도 광주에서도 대학생들이 군인 물러가라고 외쳤다. 그런데 어느덧 북에서 빨갱이들이 넘어와 광주시민들과 합세했다는 뉴스가 터져 나오기 시작했다. 아버지는 뉴스를 들으며 "유신을 쏙 빼닮은 자식이 태어났으니 또 얼마나 많은 목숨이 희생될까!"라는 탄식을 하다가 돌아가시고 말았다. 물론 병이 악화된 것이 원인이었지만 본인이 생을 포기한 원인이 더 크다는 의사의 말은 내 가슴을 더욱 아프게 했다.

아버지가 돌아가시는 슬픔 속에서도 나는 무사히 연수를 마치고 판사 임명을 받았다. 가장 먼저 그 기쁨을 아버지께 드리고 싶었던 심정을 감당하지 못한 상태인데 이번에는 준호가 보이지 않았다. 이번에도 과로로 쓰러진 건 아닌가 하는 걱정이 스쳤다. 준호는 교회에 출석을 하지 않을 뿐만 아니라 집에도 며칠째 들어오지 않았다고 했다. 교회 청년부가 나서서 찾아보았지만 흔적조차 없었다. 출판사에도 며칠째 출근을 하지 않았다면서 준희가 떨었다.

"오빠가 아무래도 삼청교육대에 잡혀간 것 같아요."

"말도 안 돼. 숨도 안 쉴 정도로 성실하게 살아가는 사람을 왜 잡아간단 말이야?"

"머리만 길어도 잡아간대요. 길을 가다가 크게 웃었다는 이유로 잡혀간 여자들도 있구요. 여관 주인 여자들도 많이 잡혀 갔대요."

"머리, 크게 웃는 여자들, 여관 주인들?"

머리끝이 솟구쳐 올랐다. 우리는 모두 얼어붙었다. 삼청교육대라는 말만 들어도 우는 아이가 울음을 뚝 그칠 정도의 공포 분위기였다. 국보위가 국민적 기대와 신뢰를 구축하려는 목적 아래 군경합동작전으로 벌인 일명 '삼청작전'이었다. 국내부터 외국 교포들까지 머리에 띠를 묶고 사회정화를 외쳤다. 하얀 머리띠에 '정화'라는 빨간 글씨가 새겨져 있었다. 사회정화라는 구호와 함께 사회질서를 흐리는 교육대상자들을 검거한다는 이유로 눈에 거슬리는 건 무조건 잡아들였다. 물론 정화되어야 할 불량한 인간들이 많았다.

준호의 머리는 다른 사람들보다 상당히 긴 편이었다. 머리가 앞으로 내려오면 눈을 덮을 정도였다. 바람이 부는 날엔 자주 머리를 쓸어 올렸다. 언젠가 준호의 긴 머리에 대해 잠시 생각한 적이 있었다. 머리가 조금만 더 짧았으면 좋겠다는 생각이 들었다. 그런데 준호는 언제나 머리를 그 정도를 유지했다. 개성이겠거니 했다.

"오빠 머리가 다른 사람들 보다 길긴 하지."

나는 불안한 표정을 감추지 못한 채 준희를 향해 말했다.

"오빤, 머리로 자신을 가리려고 한 것 같아요. 자신이 없는가 봐요. 얼굴을 내놓기가."

나는 깜짝 놀랐다. 남달리 뛰어난 외모를 가진 사람이 머리로 얼굴을 가리려고 하는 심리를 이해할 수 없었다. 콤플렉스를 갖고 있다는 것은 준호답지 않았다. 그럼 어려서 나를 노려보던 그 당당함은 도대체 무엇이었던가? 알 수 없는 일이었다. 아무튼 준호의 행방을 아는 것이 가장 급한 일이었다.

한남동 할아버지가 떠올랐다. 한남동 할아버지를 찾아오던 사람들은 분명 예사롭지 않은 사람들이었다. 또 한남동 할아버지 아들 가운데 군인은 원 스타였다. 만약 머리가 길다는 이유로 삼청작전에 걸렸다면 원 스타에게 알아보는 것이 가장 빠를 것 같았고, 구제할 길도 있을 것 같았다.

"그건 오직 국보위에서 하는 일이야. 지금이 어느 땐데."

원 스타는 손을 내저었다. 나는 집요하게 매달렸다. 준호는 숨 쉴 시간조차 없을 정도로 성실하게 사는 사람인데 이유가 뭔지나 알아봐 달라고 했다. 판사로 임명되면서부터 나에게 기대를 걸고 있는 원 스타는 끝까지 내 부탁을 거절하지 못했다. 며칠 후 상황을 파악한 원 스타가 나에게 전화를 했다.

"그 아이 우리와 같은 고향이지?"

나는 일부러 고향 따위를 말하지 않았는데 알아버린 모양이었다. 고향을 말해 주게 되면 준호 할아버지와 아버지에 대한 말이 나올 것이었다. 원 스타도 독립운동가 가문과 정서적으로 맞지 않다는 걸 직감한 탓이었다.

"그 자식 사상이 불순해. 하리의 김상운 손자야. 함이 너 알고 있었지?"

"알고 있었어요."

"그런데 왜 말을 안했지?"

"굳이 그 사람 할아버지까지 말할 필요가 있을까요?"

"아무튼 신경 쓸 것 없다. 장발 때문에 걸린 건 맞는데 A급으로 분리된 걸 보면, 이유가 만만치 않아."

"A급은 뭐고, 만만치 않다는 건 뭐죠?"

"그 아이 할아버지 김상운이 독립운동을 한 건 맞지만 그 양반 아나키스트였고, 그 아이 아버지는 제헌국회 때 빨갱이 새끼들 반민특위와 관련이 있어. 한마디로 모두 빨갱이들이야."

"아나키스트가 무슨 이념주의라도 된단 말인가요? 그리고 김준호 아버지가 설사 그런 사람이었다 해도 국보위에서 연좌제 폐지한다고 발표했잖아요."

국보위에서 1981년 3월 25일 연좌제를 폐지한다고 발표했던 게 엊그제였다. 나는 준호 아버지가 빨갱이라는 말을 어려서부터 들어 왔던 터라 놀라지 않았다. 물론 빨갱이라는 말은 몰아붙이기였고 거짓이었다. 그래서 생각 같아서는 왜 준호 아버지가 빨갱이냐고 항의하고 싶었지만 형편상 말을 자제할 수밖에 없었다. 준호 신변문제도 문제지만 지금이 어느 때냐며 주의를 준 원 스타 말대로 그런 걸 따질 분위기가 아니었다.

"연좌제 폐지한다고 했지만 그건 법적인 문제이고, 현실적으로 꼬리표는 떼기 어려울 거야. 그리고 아나키스트가 이념이든 아니든, 반공을 국시로 하는 우리나라에서는 그걸 사회주의 사촌으로 본다는 사실을 알아야지. 생각해 봐, 무정부주의니 연합이니 하는 게 사회주의와 다를 게 없잖아. 좌파라니까. 보수와 반대란 말이지."

"아나키즘이나 좌파는 대체적으로 모순된 것, 구태하고 반민주주의적인 적폐 따위를 개혁하여 새롭게 하기를 선호하잖아요. 정의를 위해하는 불의를 용납하지 않으려는 합리주의 사고잖아요. 그런데 그게 왜 보수와 반대란 말인가요? 보수는 그런 걸 반대한다는 건가요?"

"아무튼 우리나라는 그렇단 것만 알아 두면 돼. 이게 다 정치에서 나온 것이고, 정치란 정적을 최악으로 모는 수단을 강구해야 살아남는 거야. 뭐가 진실인가는 중요하지 않아. 국민에게 정적에 대한 부정적인 이미지만 심어 주면 그만이니까. 너도 앞으로 법조인으로 행세하고 살아가려면 정치계의 흐름을 제대로 파악해야 한다."

"어떻게 법치주의를 바탕으로 한 민주주의 국가에서 그럴 수 있단 말예요?"

"너도 머지않아 알게 될 거다. 우리나라에서 큰소리치며 살아가려면 좌파에 이름을 올리지 않아야 한다는 것, 좌파는 곧 빨갱이로 통한다는 것 말이다. 사람이 출세를 하려면 어느 것이 나에게 유리하느냐보다 무엇이 나에게 해로운지를 먼저 간파해야 하는 거야. 그러니까 좌파는 출세하는 데 있어서 경계의 대상이라는 말이지."

원 스타의 말은 일리가 있었다. 보수와 좌파, 아버지는 보수라는 말도 싫어했지만 좌파라는 말을 몹시 싫어했다. 우리나라에서 좌파라는 말은 해방과 함께 권력을 선점해 온 기득권 세력이 정치적 견제 대상을 북한과 가까운 것으로 이미지를 덧씌워 놓았기 때문이라고 했다. 그런 탓인지 보수는 스스로 보수라는 말을 즐겨 사용하지만, 보수가 좌파라고 부른 쪽은 스스로 좌파라고 하지 않았다.

"좌파가 경계의 대상이라면 보수는 선망의 대상이 되겠군요. 그래서일까요? 우리나라 보수라는 이름은 미리 찜하듯이 명당자리를 차지한 것처럼 보이거나 특허를 낸 상표처럼 생각될 때가 있어요. 그렇지만 따지고 보면 좌파라는 이름은 보수쪽에서 지어 준 것이잖아요. 우위를 선점한 보수 쪽이 힘이 약한 쪽을 억척스럽게 좌파라고 불러 대니까요."

"틀린 말은 아니지. 그렇더라도 너 어디 가서 좌파를 두둔하는 것 같은 그런 말 함부로 하면 안 된다. 좌파로 몰리는 수가 있어. 아차하면 빨갱이로 몰리게 되고 그렇게 되면 우리 가문도 끝장이다. 그렇게 만들면 만들어지는 게 우리 현실이라는 걸 명심하란 말이야. 아무튼 함이 넌 법조계에서 우뚝 서야 한다. 소년등과를 한 인물은 권력자들이 탐을 내는 법이니까. 내가 뒤에서 밀어줄 테니 나만 믿어."

"전 그런 건 필요 없고 다만 법관으로서 본분을……"

"법관으로서 본분? 넌 아직 세상을 몰라서 그러는데 세상이란 줄 서기 나름이야. 아무튼 이제 됐니? 니 부탁 다 들어준 거다. 이 다음에 너도 내 부탁 들어줄 때가 있겠지? 아무튼 우리 잘해 보자."

원 스타는 나를 밀어준다는 식으로 자신의 힘을 은근히 과시하면서 나와 무슨 계약이라도 하듯이 다짐을 받아 낸 것이었다. 원 스타의 말을 종합해 보면 큰일이었다.

"준호가 A급으로 분류되었대."

"그게 정말이야?"

윤태영이 눈을 휘둥그레 뜨며 놀랐다.

"그건 국보위상임위원장 전두환이 아니면 아무도 손을 댈 수가 없는 문제야."

윤태영이 마른 침을 삼키며 얼굴빛이 변했다. 준호는 원 스타 말대로 장발문제로 일단 잡혀든 것이 사실이었다. 국보위는 그런 식으로 무조건 잡아들인 다음 4등급으로 분류했다. 장발 등 단순하다고 판단되는 것은 D급이었다. D급은 훈방조치로 적당히 끝냈다. 전과가 한두 개쯤 달려 있는 것은 B급 C급이었다. 이들은 일정 기간 혹독한 훈련을 거친 다음 내보냈다. A급은 사상범인 셈이었다. 정치적으로 사상문제를 결부시켜 군사재판이나 검찰에 인계 하는데 거기에 준호가 포함돼 있었다. A급은 무려 3천 명에 달했다. 삼청교육대는 7만여 명을 영장 없이 체포하여 그중 교육대상자로 4만여 명을 가려내어 삼청교육을 받게 한 것이었다. 원 스타 말대로 준호가 사상범으로 취급되는 A급으로 분류된 것은 준호 아버지와 할아버지 탓이 분명했다.

우리는 막연히 준호가 돌아와 주기만을 바랄 수밖에 없었는데, 준호가 돌아온 건 다음 해 1월이었다. 6개월 만이었다. 생각했던 것보다는 빠른 셈이었다. 준호는 넋이 나간 상태였다. 눈은 증오에 가득 차 있고, 굳게 다문 입은 실어증에 걸린 것처럼 평생 열리지 않을 것만 같았다. 옛날 나에게 쏘아붙였던 눈빛이 고스란히 되살아난 것이었다. 말을 붙이기가 두려웠다. 청년부원들은 죽지 않고 살아 돌아온 것만 해도 기적이라며 기뻐했다.

"죽여도 좋다는 삼청교육대에서 살아서 돌아온 게 기적이지."

"앞으로가 더 문제야. 삼청교육대 다녀온 사람들 모두 리스

트에 올라 있어. 앞으로 범죄수사에 활용하기 위해서지. 준호
도 마찬가지고. 퇴소자들에게 그동안 있었던 일에 대해 입도
벙긋 말라는 지시가 내려졌으니 누구든 준호에게 함부로 뭘
물어볼 생각 하지 마."

윤태영이 청년부원들에게 당부했다. 준호가 입을 다문 것은
여러 가지 이유가 있을 것이었다. 정치현실에 대한 환멸과 자
신의 처지에 대한 환멸, 그리고 입도 벙긋 말라는 삼청교육대
의 지시일 것이었다. 윤태영 말대로 그들은 범죄수사에 활용
되었다. 행정기관에서는 내무부의 지시에 따라 동, 면사무소
별로 순화교육이수자 사후관리 기록카드를 작성해 두고, 생
활환경을 관찰하기 시작했다. 예를 들면 주거이전을 할 때마
다 관할 동, 면사무소에서 특별히 그들을 관리했다. 예를 들어
어디서 범죄가 발생하면 그들을 먼저 수사대상에 올린 것이었
다.

준호네 가족사가 너무 기구했다. 할아버지는 일제에, 준호
아버지는 해방기에, 준호는 5공 시대에 3대가 고난을 받은 것
이었다. 나는 임명을 받을 때 "법관으로서 헌법과 법률에 의하
여 양심에 따라 공정하게 심판하고 법관윤리강령을 준수하며
국민에게 봉사하는 마음가짐으로 직무를 성실히 수행할 것"을
선서했다. 햇병아리 판사답게 정의에 대한 열정이 마구 끓어
올랐다. 그런데 준호를 위하여 내가 할 수 있는 일은 아무것도
없었다. 다만 연민만 쌓여 갈 뿐이었다. 자연의 순리대로 시간

은 흘러가기 마련이고 우리는 각자 삶을 살 수밖에 없었다. 윤태영과 나는 법조인으로서 삶이 있고 준호는 준호대로 자신의 길을 가야 했다. 준호는 그 와중에서도 고등학교 졸업 검정고시에 합격한 후 대학입시 공부를 시작했다.

2004년 이후 나는 사십대 중반에 들어섰고 판사로서 탄력이 붙기 시작했다. 그리고 세상이 변하기 시작했다. 예상 밖의 인물이 대통령이 되면서 그동안 손도 대지 못했던 친일파 청산에 관한 특별법이 어렵게 문을 연 것이었다. 법조계에서도 새롭게 정신을 가다듬었다. 일제강점기 친일반민족행위 진상규명에 관한 특별법제정에 따라 '친일반민족행위 진상규명위원회'가 발족되었다. 한편으로는 친일반민족행위자들의 재산을 국가에 귀속시키는 문제에 관한 법률이 만들어지면서 대통령 직속기관으로 '친일반민족행위자 재산조사위원회'가 설립되었다. 거물급 친일파 후손들이 물려받은 재산을 국가가 환수하기 위한 목적이었다. 이것을 두고 국민들은 반민특위의 부활이라고 하면서 제2반민특위라고 불렀다.

제2라면 처음이 있을 것, 사실 나는 제1반민특위에 대해 적극적으로 공부한 적이 없었다. 사법시험에 나오는 문제가 아니었으므로 관심 밖이었을 뿐만 아니라 반민특위와 나와 관련이 없다는 생각이 더 지배적이었다. 그런데 이제 현실적인 법적 문제로 떠오른 이상, 판사로서 반드시 알아야 했다. 반민특위의 시작은 이랬다. 1945년 해방이 되고, 1948년 7월 17일 제정된 대한민국 제헌헌법 101조는 친일반민족행위자를 소급해서 처벌할 수 있는 근거를 마련했다. 그리고 한 달이 지난 다음 친일파 처벌을 위한 특별법 '반민족행위처벌법'이 국회에 상정되었다. 법안을 표결에 부치기까지 찬반 공방이 팽팽했다. 반대파들은 친일파 처벌이 불가능하다고 주장했다. 틀린 말은 아니었다. 그들 말대로 당시 국가 통치기구인 경찰조직 80퍼센트 이상을 친일경찰이 장악하고 있는 현실이었다. 또한 정부의 중요 요직을 거물급 친일파들이 장악하고 있었다. 생각해 보면 범죄자에게 스스로 자기 범죄를 자백하고 죄의 대가를 치르라는 것이나 마찬가지였다. 그럼에도 찬성하는 쪽이 완강하게 밀어붙인 끝에 1948년 9월 7일 제59차 본회의에서 발의된 지 20일 만에 '반민족행위처벌법'이 통과되기에 이르렀다.

그렇다고 일이 해결되는 것이 아니었다. 법안이 통과되고 반민족행위처벌법이 발의는 됐지만 심의과정을 거쳐 현실적으로 법을 시행하기까지는 무한정 시일이 걸릴 게 당연했다. 반민특위 위원들은 이 점을 중요시했다. 무한정 정부 중요 요직을 친일파들이 장악한 상태에서 시간이 흘러가서는 안 된다는 생각이었다. 이 문제를 두고 고민한 반민특위 위원들은 특별법안과 별개로 정부 요직에 포진되어 있는 '친일파 숙청에 관한 건'을 국회에서 긴급동의로 제안하고 나섰다. 정부가 정치권에 무분별하게 기용하고 있는 친일파 관료들을 배제해야 한다는 것이었다. 결국 거수로 찬반을 묻는 과정에서 재적의원 165명 가운데 139명이 참석했고, 전원 손을 들어 만장일치로 찬성을 표시했다.

"뻔히 보고 있는데 손을 들지 않을 수 있겠어."

우리는 모이면 이 문제에 관한 이야기를 하게 되고, 윤태영이 거수로 묻는 방법은 반대를 막기 위한 기발한 생각이었다고 감탄했다. 이렇게 제헌의회에서 '반민족행위처벌법'과 '정부 내 친일파 숙청에 관한 건'이 압도적 찬성으로 통과되면서 모든 것이 잘 되어갈 것처럼 보였다.

그리고 1948년 9월 23일 드디어 이승만 대통령이 반민족행위처벌법을 국민 앞에 공포하는 날이었다. 그런데 서울운동장에 느닷없이 "이런 민족분열의 법률을 만든 것은 국회 안에 있는 공산당 프락치의 소행이다. 국회 내의 김일성 앞잡이를 숙청해야 한다."는 삐라가 뿌려진 것이었다. 이날 내무부 주관으로 서울운동장에서 형식상 반공국민대회라는 이름으로 반민족행위처벌법 반대 국민대회가 열리고 있었고, 삐라는 반민족행위처벌법을 주장한 반민특위위원들을 빨갱이로 몰기 위한 작전이었다. 사실 반민족행위처벌법을 주장한 국회의원들을 빨갱이로 몰아붙인 것은 그때가 처음이 아니었다.

한 달 전에도 시내 각처에 '행동대원'이라는 이름으로 살포된 삐라에 "대통령은 민족의 神聖이다. 절대로 순응하라······.

민족처단을 주장하는 놈은 공산당의 走狗다, 공산주의자는 반민족세력이고, 반공세력은 민족세력이다."라고 적혀 있었다. 국회 방청석에서도 "반민족처단법은 시기상조다. 국회에서 친일파를 엄단하라고 주장하는 자들은 빨갱이다."라는 삐라가 살포된 적이 있었다.

"불리하면 상대를 빨갱이로 몰아붙이는 버릇이 그때부터 생긴 거군."

"맞는 말이야. 그런데 사실은 일제가 일본에 반항하는 사람들을 공산주의자로 몰아붙인 것을 친일파들이 배워가지고 그대로 답습한 것이었지."

윤태영과 준호가 말을 주고받으며 고개를 저었다.

반민족행위처벌법 방해공작은 거기서 끝나지 않았다. 1949년 새해가 시작되면서, 일제 경찰 출신의 경찰 간부들이 나서서 반민특위 요인 체포 작전을 시작한 것이었다. 1949년 5월 18일 반민특위위원들에게 남로당 지시를 받았다는 혐의를 뒤집어씌워 소장파 국회의원 3명을 경찰서로 끌고 갔다. 1949년 6월에는 국회부의장 등 반민특위 핵심 인물들을 무더기로 체포하는 국회 프락치사건이 일어나면서 경찰이 반민특위사무실을 습격하여 쑥대밭을 만들어 버렸다. 이어서 1949년 6월 29일에는 친일파 청산을 지지하는 김구 선생이 암살당하는 사건이 일어나면서 사태가 급물살을 탔다.

정부는 반민특위 예산을 대폭 삭감하고, 사업비를 배정하지 않는가 하면, 반민특위가 요구하는 자료제출에 응하지 않는 방법으로 활동을 못하도록 방해하면서 특별법에 의해 설립된 '반민족행위특별조사위원회'를 와해시킬 갖가지 법 개정을 강구했다. 드디어 정부는 반공정국과 백색테러 공포로 세상을 장악한 가운데 1949년 7월 6일 '반민족행위처벌법 개정안'을 통과시키는 데 성공했다. 개정안이 통과된 다음 날 반민특위 위원장 K의원과 위원 전원이 총 사퇴하기에 이르렀다. 그리고 그해 7월 15일 이승만 대통령 측근인 Y의원이 반민특위의 새 위원장으로 선임되었고 위원들도 모두 교체되었다.

"그들은 모두 친일파 비호세력의 핵심 인물들이었지."

"반민특위위원들을 친일파 비호세력으로 모두 교체한 건 소가 웃을 일이지 뭐야. 결국 그들은 친일파를 보호하면서 정부와 함께 반민특위를 해체하는 수순을 밟아나갔으니까. 이때 준호 아버지께서도 희생되었던 거고."

윤태영과 준호가 마치 엊그제 일처럼 말을 주고받았다. 준호 아버지에 대한 이야기는 어려서 준희에게 들은 이후로 처음 듣는 말이었다. 원 스타가 반민특위와 관련이 있다면서 빨갱이 운운하던 말도 비로소 이해가 되었다. 윤태영 말에 의하면 준호 아버지는 제헌국회 때 반민특위 위원 중 K의원의 비서였다. 반민특위 핵심 인물들을 무더기로 체포하는 국회 프락치사건이 일어나고 경찰이 반민특위사무실을 습격하여 쑥대밭을 만들어 버릴 때 준호 아버지는 집으로 피신해 있다가 체포되었고 체포된 지 불과 열흘 만에 죽었다고 했다. 경찰에서 자살이라고 했지만 믿을 수 없다고 했다.

"충격이야. 준호 아버지가 그렇게 억울하게 가셨다니."

"준호 아버지뿐만 아니라 그때 반민특위위원들이 모두 그렇지. 이게 다 근본적으로 일제 때문이지 뭐야."

윤태영과 내가 말을 주고받는 동안 잠자코 듣고 있던 준호가 자리를 뜨고 말았다. 어려서 내가 들었던 말, 우리 마을 사람들이 준호 아버지를 빨갱이라고 수군거리던 말의 근원을 알 것 같았다. 준호에게 미안했다. 그때나 지금이나 우리나라에서 빨갱이라는 말은 '천형'과 같은 저주스러운 말이기 때문이었다. 우리 가족 특히 우리 엄마는 아마도 죽는 날까지 준호네를 빨갱이라고 부를 것이기 때문이었다.

"일제강점기 때 독립운동을 하는 애국지사들을 쫓던 경찰들이 해방이 되자 다시 대한민국 경찰직 80퍼센트 이상을 차지하고 앉아 이번에는 친일파를 청산하려는 반민특위위원들을 숙청했으니 기가 막힐 일이지."

준호가 다시 돌아오자 윤태영이 안타까운 표정을 지으며 말했다. 윤태영은 오늘날 우리나라 국민이 걸핏하면 흑백으로 갈리는 근원적 원인도 친일파를 청산하지 못한 데 있다면서 한탄했다.

"사실 제헌국회에서 시작한 친일파처벌특별법은 재가동된 것이었잖아. 그래서 엄밀히 따지면 이번 정부에서 부활시킨 반민특위는 제3차라고 해야 옳지."

준호 말대로 이번이 3차라는 말은 맞는 말이었다. 친일파 처벌에 대한 법안은 해방되자마자 시도되었다가 미군정에 의해 실패한 적이 있었다. 제헌국회에서 특별법안을 만들기 1년 전이었다. 1947년 3월, 미군정 때 남조선과도입법회의에서 '부일협력자간상배에 대한 특별법 조례 안'을 상정해 그해 7월에 통과시켰는데 남한 실정을 파악하지 못한 미군정이 인준을 거부한 것이었다. 당장 남한을 통치하는 편리함을 위해 과거 조선총독부 관료들과 일제 친일경찰들을 그대로 존속시키려는 의도에서였다. 일이 그쯤 되자 해방 직후 도망갔던 친일경찰들과 거물급 친일파들이 다시 나타나, 남한 단독정부수립부터 국가 요직에 등용되기 시작하면서 국가를 장악하게 되었다. 일제강점기 때 경찰 간부를 지낸 한남동 할아버지도 거기에 속할 것이었다.

고교시절 다락방에서 몰래 봤던 훈장들과 그걸 감추려는 할머니가 떠올랐다. 감춘다는 것은 부끄러운 것인데도 그걸 버리지 않는 이유를 비로소 알 것 같았다. 어딘가 마음 한구석에 아직도 훈장을 자랑스럽게 생각하는 것이 있을 것 같아 윤태영을 향해 조심스럽게 입을 열었다.

"일제로부터 받은 훈장을 아직도 간직하고 있다면 왜일까?"

"설마 그런 사람이 있겠어? 하늘 아래 가장 부끄러운 증거물인데."

"있다면?"

"그건 확신범이지."

"소설가 이광수처럼 확고한 자신의 신념에 따라 정당하고 옳다고 생각하는 범죄?"

"그렇지, 이광수야말로 확신범이었지. 그가 반민특위의 심문을 받을 때 '나는 민족을 위해 친일했소이다. 내가 걸은 길이 정경대로正經大路는 아니오마는 그런 길을 걸어 민족을 위하는 일도 있다는 것을 알아주시오.'라고 하면서 전혀 소신을 굽히지 않았으니까."

"민족과 국가 앞에 그렇게 오만할 수가?"

"기록을 보면 이광수의 확신이야말로 대단한 것이었지. '그대들이 피를 흘린 뒤에도 일본이 우리 민족에게 좋은 것을 아니 주거든 내가 내 피를 흘려 싸우마.'라고 자신의 피를 담보로 징용, 징병을 간절히 권했으니까."

"이광수의 피를 담보로 한국 청년들이 일본을 위해 싸워라? 이광수 따위의 피가 뭔데?"

준호가 흥분했다.

"더 기가 막힌 건, 이광수를 애국자라고 주장하는 사람이 아직도 존재한다는 사실이야."

"도대체 누가? 왜?"

준호가 화를 내며 윤태영을 바라보았다.

"이광수는 끝까지 민족의 발전을 위해 친일을 했다고 반민특위 심문에서 주장했는데, '조선청년들이 징용에서는 생산기술을 배우고 징병에서는 군사훈련을 배울 것으로 알았고 산업훈련과 군사훈련을 받은 동포가 많으면 많을수록 우리 민족의 실력이 커질 것이라고 생각했다'고 진술한 거야. 그런데 친일파 옹호자들이 이 진술을 들먹이며 이광수를 애국자라고 주장하는 거지."

그렇다면 한남동 할아버지도 훈장을 부끄러움 때문에 다락방에 숨긴 게 아니라 자신의 행위에 대한 정당성, 그 정당성에 대한 변함없는 확신 때문이라는 생각이 들었다.

2005년부터 친일반민족행위자 재산의 국가귀속에 관한 법률이 만들어지고, 대통령 직속기관인 '친일반민족행위자 재산조사위원회'가 활동을 시작하자 친일파 후손들이 나라에 재산을 빼앗기지 않으려고 격렬하게 몸부림쳤다. 그들은 '친일재산 국가 귀속 결정'은 국민의 사유재산권을 침해한 것이며 이는 헌법에 어긋난 것이라고 주장하면서 헌법재판소에 위헌소송을 제기했다. 국가를 상대로 재기한 소송은 무려 239건이었고 소송을 재기한 후손들은 2백 명이 넘었다.

"뻔뻔하긴, 그 조상에 그 후손들이지 뭐야. 어떻게 이럴 수 있느냐고. 단 한 뼘의 땅, 한 술의 밥이라도 민족을 배반하고 취득한 것은 절도인데. 그리고 민족이 재산을 빼앗기고 고문까지 당해 상해를 입었다면 형법 제337조에 해당되는 일이야.

안 그래 이 판?"

윤태영이 나를 똑바로 바라보며 흥분했다. 서로 대화를 나눌 때 윤태영은 언제나 나를 똑바로 쳐다보면서 이야기하는 버릇이 있었지만 그날따라 유난히 나를 똑바로 쳐다본다는 생각이 들었다.

우리 집에서도 즉각 반응했다. 엄마와 남동생 겸이가 안절부절못했다. 전국에서 1위로 넓은 선산을 가진 민 씨네 땅이 일제로부터 받은 것인 만큼 국가에 귀속되어야 마땅하다는 결론에 따라 환수조치 됐다는 뉴스 때문이었다. 경기에서 2위라면서 엄마가 그토록 자랑스럽게 여기는 우리 선산은 다섯 필지로 되어 있고, 취득 연도가 각각 달랐다. 우리 땅은 네 필지가 일제강점기에 취득한 걸로 나타났다. 일제강점기, 조선총독부로부터 공훈으로 받은 땅이라면 국가에 내놓은 것이 당연했다. 본래 조상들로부터 물려받은 한 개 필지에 할아버지가 일제강점기에 네 필지를 늘려 확장한 것이었다.

"우리 땅이야 손바닥만 한 땅인데 누가 관심이나 두겠어. 나라에서 제주도 마장이나 빼앗을 생각을 해야지."

엄마는 경기에서 민상호 가문 다음 가는 넓은 땅이라면서 과시하더니 이젠 손바닥만 한 땅이라고 급격히 축소하면서 작은댁으로 넘어간 제주도 땅에 대한 원한을 거침없이 드러냈다. 할아버지가 작은댁 자식들에게 넘겨준 마장은 이미 소유주가 바뀐 뒤였다. 벌써 몇 년 전에 그 땅을 팔아 제주도에 관광호텔을 지었다는 소문이 있었다.

생각해 볼 것도 없이 할아버지가 관료로서 일제강점기에 그만한 임야를 늘렸다면 공훈으로 받은 게 틀림없었다. 고민이 밀려들기 시작했다. 엄마를 설득한다는 건 하늘의 별을 따오기보다 더 어려운 일이고, 내 임의로 국가에 귀속하는 절차를 밟을 생각도 들었다. 그런데 때마침 청주에서 사건이 하나 벌어졌다. 청주지원에서 어마어마한 땅을 놓고 M씨 가문의 후손들이 조상 땅 찾기를 벌였는데, 무려 12필지로 되어 있는 땅은 청주 시내 중심을 차지하고 있었다. 그들은 청주시를 상대로 학교와 청주 시민들이 사용하는 도시의 중심 도로를 철거하고 조상 땅을 돌려달라는 소송을 낸 것이었다.

이 소송문제는 다시 법조계를 놀라게 했다. M씨 가문의 외손자들이 청주지법 앞에서 소송을 취하해 달라는 피켓시위를 하고 나선 것이었다. 두 남자는 "청주시를 상대로 한 토지반환소송은 조상을 욕되게 하는 짓입니다. 청주시민을 위한 법원의 판결을 기대합니다."라고 쓴 피켓을 들고 법원 정문에 서 있었다. 법은 외손자들의 손을 들어주었고, 그들은 결국 승소했다. 승소한 다음 "우리는 친일파에 의해 피해를 입은 수많은 사람들과 함께 숨을 쉬며 동시대를 살아가고 있습니다. 그렇다면 우리 할아버지의 땅이니 내놓으라고 할 게 아니라 숨죽이고 나누는 삶을 살아가는 것이 상식이자 도리라고 생각합니다."라고 언론과 인터뷰한 말이 세상을 더욱 감동시켰다.

239건이나 되는 친일파 재산 국가귀속 문제는 좀처럼 판결을 내릴 수가 없었다. 법원의 고충이 이만저만이 아니었다. 후손들의 저항이 워낙 거센 탓이었다. M씨 후손들이 낸 청주 소송도 무려 4년이라는 시간이 흐른 뒤에야 7대 2의 합헌 결정이 내려진 것이었다. 결국 다른 모든 소송에서 국가의 친일재산 귀속 결정이 적법하다는 판결이 나자 국민들이 환호했다.

국민이 환호할수록 나는 용기가 나지 않았다. 두려웠다. 만약 나도 할아버지가 물려주신 임야를 국가에 귀속시키는 일을 벌였다가는 엄마는 충격으로 쓰러져 목숨을 부지하기 어려울 것이었다. 도저히 그럴 수 없었다. 엄마는 누가 뭐래도 세상에 한 분밖에 없는 나의 분신이었다. 사실 생각해 보면 우리 선산은 소송을 벌인 239건들과는 도무지 견줄 게 못 되었다. 엄마가 손바닥만 한 땅이라고 축소해 버리듯이, 수십만 평에서 수백만, 수천만 평 수준인 그들에 비하면 우리 땅은 5만여 평에 불과하다는 것이 내 마음을 잠재울 수 있는 변명이 되어 주었다.

친일파 땅 문제를 두고 교회에서도 설왕설래했다. 분위기가 심상치 않았다. 목사님의 조상 땅 찾기 문제 때문이었다. 목사님의 조상이 남겨 놓은 땅이 있는데 땅을 찾기 위해 소송을 제기한 상태였다. 목사님은 반드시 그 땅을 찾아내어 하나님 앞에 바치겠다고 포부를 밝혔지만 교인들은 덮어놓고 그걸 환영

하지 않았다. 문제가 점점 엉뚱한 곳으로 흐르기 시작했다. 목사님이 친일파 후손이라는 소문이 나면서 교회를 떠나는 성도들이 늘어난 것이었다. 성도들이 하나둘 떠나기 시작하자 일부 장로들이 목사님에게 교회를 위해 사임을 하든지 아니면 조상 대신 국민 앞에 사죄를 한 후에 그 땅을 국가에 바쳐야 옳다고 주장하고 나섰다. 목사님은 천부당만부당하다면서 하나님 앞에 털끝만큼도 부끄러움이 없다고 펄펄 뛰었다.

목사님이 펄펄 뛰면서부터 교회는 목사파와 장로파로 갈렸다. 친일 두둔파와 반친일파로 갈린 것이었다. 양쪽 사이에 싸움이 붙기 시작했다. 목사파는 오히려 반대파 장로들을 몰아내자며 소리쳤다.

"빨갱이 사탄은 물러가라!"

"너희들이 빨갱이다. 빨갱이 친일파 사탄은 당장 교회를 떠나라!"

예외 없이 빨갱이가 등장했다. 공격은 양쪽이 주거니 받거니 하면서 서로 빨갱이 사탄이라고 했다. 그때까지도 우리 젊은 팀에서는 별 요동이 없었다. 두 파는 서로 우리를 자기네 편으로 끌어들이기 위해 상대방을 비방했다. 목사파에서는 목사를 지지하는 교인들로부터 연명을 받아 하나님으로부터 기름부음 받은 목사를 지켜야 하는 이유서를 우리에게 나누어 주었다. 장로파들은 교회를 지켜야 한다면서 우리를 설득했다. 그때 윤태영과 준호가 장준하 선생이 떠오른다고 했다. 우리 아버지가 그토록 존경해 마지않았던 장준하 선생의 분노를 말한 것이었다.

상해 임시정부 시절 그곳에서도 파벌이 생기고, 서로 기선을 잡기 위해 싸움을 하자 이제 막 스무 살, 풋내기 장준하가 단상에 올라 분노하다 못해 절규한 사건이었다. 청년 장준하가 "우리는 이곳을 떠나 다시 일본군으로 들어가, 일본 항공대에 자원하여 비행기에 폭탄을 싣고 와 여기 임시정부에 내리쏟아 붓고 싶은 심정입니다. 선생님들은 왜놈들에게 받은 설움을 다 잊으셨습니까. 차라리 이곳에 오지 않고 여러분들을 계속 존경했더라면 더 행복했을 것을……"이라고 울부짖자, 그때 김구 선생 등 기라성 같은 지사들이 고개를 숙인 채 입도 벙긋 못했다는 이야기였다. 사연을 들여다보면 장준하 선생뿐만 아니라 누구라도 분노할 일이었다. 3·1만세운동 이후 상해 홍커우공원에서 일본 천황 생일날인 천장절 축하행사가 있었고 김구 선생의 주도로 윤봉길 의사가 폭탄을 던져 일본 고위 간부들을 살상한 일로 임시정부가 중경으로 피신해 있을 때였다. 그때 장준하는 학도병으로 징집되어 중국 서부지역에 배치되어 있었다. 아무도 예상하지 못한 해방을 1년가량 앞둔 상태에서 장준하는 청년동지들과 함께 임시정부로 도망갈 연구를 하던 끝에 드디어 탈출하는 데 성공했다. 50여 명이 목숨 걸고 6천리 길을 야행으로만 6개월 동안 산을 더듬어 악전고투 끝에 드디어 임시정부에 도착했다. 그런데 서로 싸우고 있었다. 서로 자기편을 만들기 위해 목숨 걸고 도망쳐 온 청년들을 여기저기서 끌어당기는 것이었다. 청년들은 실망하다 못해 통탄하는데, 교민들이 청년들을 위한 환영회를 열었다. 이날, 장준하가 대표로 단상에 올라 피를 토하는 심정으로 쏟아 낸 말이었다.

S교회는 이북 출신 장로들이 과반수였다. 그들 대부분이 반친일파였고 목사에게 사임을 요청한 상태였다. 목사파는 그들을 빨갱이로 몰아붙이기 시작했다. 목사를 음해한 자들의 믿음은 가짜이며 하나님의 심판을 면치 못할 것이라고 저주를 퍼부었다. 만약 누구든지 목사를 음해하면 마찬가지라며 교인들을 협박하는 것도 서슴지 않았다. 마치 청년 장준하처럼 결국 인내하다 못한 청년들이 나섰다.

"친일파를 비판하면 빨갱입니까? 왜죠?"

목사파들은 선뜻 대답하지 못했다.

"상대를 무조건 빨갱이로 몰아붙이는 나쁜 습관 그것, 일제와 해방정국에 이은 독재자들이 권력 방패막으로 써먹은 아주 악랄한 수법 아닌가요?"

청년들이 목사파 장로들에게 따져 물었지만 묵묵부답이었다.

"친일파를 반대하면 왜 빨갱인지 말씀해 주셔야지요?"

"말씀해 주세요?"

"그래, 말해 주지. 왜 빨갱이냐? 이게 알고 싶다 이거지? 나라를 어지럽힌 것들은 무조건 좌파, 빨갱이야. 왜냐? 북은 우리를 괴롭히는 존재니까. 그들처럼 나라를 어지럽히지 말라, 이런 말이야. 교회를 어지럽힌 것도 나라를 어지럽힌 거나 마찬가지니까. 아, 또 있지. 빨갱이 새끼들이 설치게 두었다가는 북한에게 나라를 빼앗기게 되고, 그렇게 되면 우리 기독교인들은 신앙의 자유를 잃게 되기 때문에 빨갱이들을 꼼짝 못하게 해야 한다 이 말이야."

70대쯤으로 보인 장로가 자신 있다는 듯이 열변을 토했다.

"지금 장로님이 생각하시는 그게 바로 빨갱입니다. 자기네들과 생각이 다르면 무조건 반동이라고 몰아붙이는 북한과 똑같으니까요."

청년들의 항의가 릴레이로 이어졌다. 윤태영과 나는 공직자라는 입장 때문에 묵묵히 있을 수밖에 없었다. 준호도 침묵했다.

"지금이 어느 땐데 아직도 케케묵은 반공이념으로 상대를 제압하려고 합니까. 더욱이 교회에서 말입니다."

"부탁인데요. 교회에서만이라도 제발 말도 안 되는 억지소리, 그 빨갱이 타령 좀 하지 말자구요."

청년들이 돌아가면서 한마디씩 할 때마다 여기저기서 쿡쿡 웃었다. 목사파, 그러니까 친일파 지지자들을 비웃는 웃음이었다.

"젊은 것들이 뭘 알아? 니들이 6·25가 뭔지나 알아? 동족

38

상잔, 동족끼리 서로 총을 겨눈 6·25 말이야?"

목사파가 다시 목소리를 높였다. 6·25를 말할 때는 마치 6·25전쟁이 젊은 청년들 때문에 일어난 것처럼 흥분했다.

"너희들 말 한번 잘했다. 뭐 악랄한 수법? 목사를 비방하고 쫓아내려고 안달 난 너희들이야말로 악랄한 수법자들, 좌파지. 목사님이 조상 땅 찾아내어 교회에 헌납하시겠다는데, 그리고 목사님은 친일파 후손이 아닌데 도대체 왜 트집을 잡느냔 말이야!"

"하나님 앞에 가장 진실해야 할 목사님이니까요. 그 누구보다도 민족 앞에 떳떳하고 당당해야 할 목사님이니까요."

갈수록 청년들과 목사파, 아니 친일파 옹호자 장로들과 대립이 거세어져 갔다. 법이든 교회든 감정싸움은 답이 없기 마련이었다. 감정은 감정을 불러와 더 큰 감정을 만들어 냈다. 각자 자기 입장에서 생각하고 자기 입장만 중요했다.

그런 와중에 2009년 11월 때마침 친일인명사전이 발간되어 김구 선생 묘역에서 친일인명사전 발간 국민보고대회가 열렸다. 그때 교회에서 반전이 일어났다. 지금까지 목사를 비판하는 장로파 가운데 중심인물인 박수일 장로가 "나는 친일파 후손"이라고 스스로 고백하고 나선 것이었다. 그는 교인들 앞에 목이 쉬도록 회개 기도를 하기 시작했다. 박 장로는 유난히 친일파를 증오한 인물이었다.

"저는 지금까지 '너희가 선을 미워하고 악을 좋아하여 내 백성의 가죽을 벗기며 그 뼈를 꺾어 다지기를 냄비와 솥 가운데 담을 고기처럼 하는도다'라는 구약성경 미가서(3장 2~3절) 말씀을 생각하면서, 친일 인사들을 향해 분노했습니다. 일제치하에서 떵떵거리는 것도 모자라 해방된 조국을 좌지우지하면서 살아가는 그들을 도저히 용납할 수가 없었습니다. 그들은 정부의 고위직이나 여러 가지 공직에 앉아 과거 행위에 대한 반성은커녕 민족과 국가에 대하여 최소한의 미안한 생각도 없었습니다. 오히려 큰소리를 치면서 왜 과거사를 들춰내어 갈등을 조장하느냐고 뻔뻔스럽게 말하는 것이 죽도록 미웠습니다. 친일파들과 그의 자손들은 대부분 호의호식하면서 마음껏 원하는 대로 공부하여 정치가로 고급 공무원으로 재벌가로 출세하는데, 나라를 찾겠다고 독립운동을 한 가문은 3대가 망하여 그 자손들은 공부는커녕 하루 세 끼 양식을 벌기 위해 밤낮을 허덕이며 고달픈 인생살이에 시달리는 현실을 목격할 때마다, 이런 기가 막힌 세상이 어디 있느냐고 피를 토할 지경으로 분개했는데, 정녕 뜻밖에 내가 친일파 후손이라는 사실을 알고 이렇게 하나님 앞에 엎드렸습니다. 주여, 저를 용서하여 주시옵소서. 저의 할아버지를 부디 용서하여 주시옵소서."라고 용서를 연발하면서 눈물의 기도를 하는 것이었다. 교회가 눈물바다가 되고 말았다. 모두 합동으로 통성기도를 하면서 박수일 장로를 위해 "용서하여 주시옵소서! 불쌍히 여겨주시옵소서!"를 되풀이했다.

박 장로는 할아버지를 본 적도 없고 집안사람들로부터 할아버지에 대한 이야기를 들을 기회도 없었다고 했다. 거기에는 나름대로 사정이 있었다. 박 장로의 할아버지는 박 장로의 아버지가 어릴 때 평양에서 돌아가셨고, 박 장로의 아버지는 한국전쟁 때 피난 도중 돌아가셨다고 했다. 어머니의 말에 의하면 독자인 아버지는 피난을 오면서 족보를 마치 자신의 아버지를 모시듯 들고 나왔고 가문의 흔적이라면 오로지 그것뿐이라고 했다. 그런데 친일인명사전에 할아버지 이름이 떡 올라 있더란 것이다. 그는 지금까지 친일파들을 향해 욕을 했는데 그건 바로 할아버지와 자신을 향해 퍼부은 욕이었다며 눈물을 흘렸다. 그런데 교회는 간단하게 해결하는 방법이 있었다. 모두 함께 용서를 빌며 울고 나자 교회가 다시 하나가 되는 것이었다. 그렇게 싸우고 서로 비방하고 물리적 공격까지 서슴지 않았던 사람들이 언제 그랬냐는 듯이 마치 태풍이 지나간 자리처럼 말끔하게 치유되는 것이었다.

상황이 이쯤 되자 담임목사가 멍해졌다. 한 주가 지나가고 다시 주일이 돌아왔는데 담임목사가 예배를 집례하지 않았다. 부목사가 설교를 담당하면서 예배가 끝나자 담임목사는 경기도에 있는 모 기도원으로 한 달 동안 기도에 들어갔다고 했다. 한 달이 지나가고 다시 주일이 돌아왔는데, 이번에도 부목사가 예배를 인도했다. 부목사의 설교가 끝난 다음 어디선가 담임목사가 불쑥 나타났다. 오랜만에 교인들 앞에 선 담임목사는 "오늘 제가 하나님과 여러 성도님들 앞에 그동안 잘못을 고백하기 위해 단에 섰습니다."라고 했다. 모두 어리둥절한 상태가 되고 목사는 기도를 하기 시작했다. 목사도 박 장로처럼 용서해 달라는 기도였다. 교회는 또다시 눈물바다가 되고 말았다. 박수일 장로가 고백할 때보다 통곡소리가 몇 배나 더 컸다. 목사는 기도를 그칠 줄 몰랐다. 그렇게 눈물로 고백한 다음 목사는 교회를 떠났다. 장로는 떠나지 않고 교회를 지켰다. 목사는 교회를 떠날 수 있어도 장로는 교회를 쉽게 떠날 수 없기 때문이었다.

가혹한 증거

너희가 선을 미워하고 악을 좋아하여 내 백성의 가죽을
벗기며 그 뼈를 꺾어 다지기를 냄비와 솥 가운데 담을 고
기처럼 하는 도다

— 구약성경 미가서 3장 2~3절

망설이던 끝에 나도 친일인명사전을 보게 되었다. 사전은
과거 그들의 행적을 철저한 증거자료에 의해 규명해 놓았을
뿐만 아니라 빈틈없을 정도로 구체적이었다. 조선총독부의 기
록과 당시 언론이나 관보 등을 토대로 하여 선별한 친일파들
의 반민족행위는 같은 민족으로서 도저히 눈으로 읽을 수 없
도록 잔인한 것이었다. 국가에서 친일파로 확정하여 공인된
사람은 1천 6명이고 이들은 시기적으로 1기, 2기, 3기로 분류

되어 있었다. 1기와 2기는 이완용 같은 한일병합을 주도한 최고위 권력 핵심층 인물군이었다. 3기는 그다음 권력층으로 일제가 중일전쟁을 일으킨 1937년부터 해방 직전까지 일제에 충성을 바친 인물군이었다. 3기에 해당한 인물은 704명이었고, 여기에 우리 할아버지 이름 '이학'이란 이름이 버젓이 있었다. 한남동 할아버지 이름 이훈도 있었다. 할아버지들의 이력과 일제에 충성을 바친 업적과 업적에 대한 훈장과 상훈까지 자세하게 나와 있었다.

우리 할아버지는 을사늑약 이후 일본 게이오의숙에서 행정을 공부하고 경찰서 통역관을 거쳤다. 황해도 서흥경찰서 통역부터 시작하여 평안북도 선천경찰서 등 여러 지역 경찰서 통역관을 지낸 다음 군수를 지냈다. 할아버지가 일본에서 유학했다는 말은 들었지만 통역관을 했다는 말은 들은 적이 없었다. 하긴 당시 유학파로서 어디서든 통역은 할 수 있는 일일 것이었다. 군수 재임기간은 1930년부터 시작하여 12년간이었다. 장수, 순창, 부안, 금산을 거쳐 마지막으로 우리 고향에서 군수를 지내고 해방되기 전에 퇴임했다. 문제는 할아버지가 경찰서 통역을 했다는 것이나 군수를 언제부터 언제까지 했는지가 중요한 게 아니라, 일제에 얼마나 충성을 바쳤느냐가 중요했다. 군수로 재직 시 중일전쟁 군용 물자 공출, 국방헌금과 전투 비행기를 만드는 헌납자금을 위한 모금, 국방 사상 보급과 선전에 적극적으로 힘쓰는 등 일제의 식민지 통치와 전쟁

수행에 모범적인 협력자로서 훈 5등 서보장을 받았다. 그런데 놀라운 것은 일본정부로부터 받은 '한국병합기념장'이었다. 구체적으로 한일병합을 하는 데 어떤 기여를 했는지는 알 수 없지만 제목만으로도 가슴이 철렁 내려앉았다.

한남동 할아버지는 일본 경도제국대학을 나와 역시 전국 경찰서마다 통역관을 거치면서 경찰간부에 올라 그야말로 출세가도를 달린 분이었다. 경상북도 성주경찰서부터 영천경찰서, 전라남도 장흥경찰서, 전라북도 옥구, 순창, 김제, 진안, 그리고 경기지역을 두루 거쳤다. 한남동 할아버지도 중일전쟁 때 징병에 무수한 청년들을 동원한 공을 세워 일본으로부터 여러 가지 훈장을 받았다. 우리 할아버지가 받은 훈 6등 서보장을 받았고, 고등관 3등 종 5위 서위를 받았다. 경찰 간부가 군수보다 훨씬 높은 자리였지만 지시는 경찰이 하고 실행은 군수가 했던 탓에 우리 할아버지의 공훈이 더 컸다. 놀랍게도 외할아버지의 업적도 나와 있었다. 면장을 역임한 외할아버지는 주공기간 1937년부터 1940년 2년 7개월 동안 군수품 공출 기록은 대맥大麥 56석, 건초 2,325관, 모치 100매, 돈피 203매, 통조림용 돈豚 40두, 여론조성과 국방사상 보급을 위한 기록은 구장회의 90회, 강연회 30회, 좌담회 60회, 기원제 102회, 봉고제 51회, 영화회 75회, 연극회 322회 시국관계 책자, 인쇄물 배포 3,320부 등등 부지기수였다.

할아버지가 군수를 지낸 탓에 우려하지 않은 것은 아니었지만 막상 할아버지의 업적을 보고 나자 진퇴양난에 빠지고 말았다. 어릴 때 준호가 나에게 쏘아붙인 말 "군수 댁 음식은 개나 주어야 한다."는 말이 비로소 실감이 났다. 어쩌면 준호가 지금까지 나에게 단 한 마디도 하지 않는 것은 나 스스로 알기를 바란 것인지도 모를 일이었다. 박수일 장로가 사죄 기도를 하면서 언급했던 미가서 3장 2~3절 "너희가 선을 미워하고 악을 좋아하여 내 백성의 가죽을 벗기며 그 뼈를 꺾어 다지기를 냄비와 솥 가운데 담을 고기처럼 하는 도다"라는 말씀이 나를 제압해 버리고 말았다. 머리를 흔들었다. 다른 사람은 몰라도 우리 할아버지 이학은 결코 그럴 분이 아니었다. 우리 고향 일대에서 절대적으로 존경받았던 훌륭한 할아버지였다.

그나마 다행이라고 해야 할까. 친가든 외가든 우리 할아버지들은 문장으로 바친 충성은 단 한 줄도 없었다. 글이 빠져 있다는 것에 안도한 것은 사회 지도자급의 명사들이나 글을 잘 쓰는 문사들의 일제에 대한 찬양과 충성이 우리 할아버지들과 비교할 바가 못 된 탓이었다. 상식적으로 글은 단숨에 그것을 읽는 사람의 정신을 송두리째 바꿔 버릴 수 있는 영향력을 발휘하지 않던가.

창씨와 나

香山光郎(이광수)

내가 향산(香山)이라고 씨를 창설함에 대하여 혹은 면대面對하여 혹은 서간으로 내 창씨의 동기를 묻는 이가 있다. 대다수는 나의 香山이라는 창씨에 대하여서 비난하지마는 또 그 중에는 찬성하는 이도 있고 창씨에 대한 의견을 묻는 이도 있었다. 오늘 내가 받은 익명인의 편지에는 나의 창씨를 강하게 비난하고 그 동기와 이유를 발표하는 것을 요구하였다. 반드시 이 익명인의 서간에 응함만이 아니나 이때를 당하여 나의 태도에 대하여 일언할 필요가 있음을 통감한다.

창씨의 동기—내가 향산(香山)이라고 씨를 창설하고 광랑(光郎)이라고 일본적인 명으로 개改한 동기는 황송한 말씀이나 천황어명天皇御名과 독법讀法을 같이하는 씨명을 가지자는 것이다. 나는 깊이깊이 내 자손과 조선민족의 장래를 고려한 끝에 이리하는 것이 당연하다는 굳은 신념에 도달한 까닭이다. 나는 천황의 신민이다. 내 자손도 천황의 신민으로 살 것이다. 이광수라는 씨명으로도 천황의 신민이 못 될 것이 아니다. 그러나 香山光郎이 좀 더 천황의 신민답다고 나는 믿기 때문이다.

내선일체—내선일체를 국가가 조선인에게 허하였다. 이에 내선일체운동을 할 자는 기실 조선인이다. 조선인이 내지인과 차별 없이 될 것밖에 바랄 것이 무엇이 있는가. 따라서 차별의 제거를 위하여서 온갖 노력을 할 것밖에 더 중대하고 긴급한 일이 어디 또 있는가. 성명 삼자三子를 고치는 것도 그 노력 중의 하나라면 아낄 것이 무엇인가. 기쁘게 할 것이 아닌가. 나는 이러한 신념으로 香山이라는 씨를 창설하였다.

편의—앞으로 점점 우리 조선인의 씨명이 국어(일본말)로 불려 질 기회가 많을 것이다. 그러할 때에 이광수보다 香山光郎이 훨씬 편할 것이다. (중략)

결심—우리의 재래의 성명은 지나를 숭배하던 조선祖先의 유물이다.

(중략) 옛날의 지명과 인명을 지나식으로 통일한 것은 불과, 700년래의 일이다. 이제 우리는 일본제국의 신민이다. 지나인과 혼동하는 성명을 가짐보다도 일본인과 혼동되는 씨명을 가지는 것이 가장 자연스러운 일이라고 믿는다. 그러므로 나는 일본인이 되는 결심으로 씨를 香山이라고 하고 명을 光郎이라고 하였다. 내 처자도 모조리 일본식 명으로 고쳤다. 이것은 충성의 일단으로 자신하는 까닭이다.

정치영향—금년 8월 10일까지 조선인의 창씨의 기한이 끝난다. 그날의 결과는 정치적 영향에 큰 관계가 있다고 나는 믿는다. 즉 일본식 씨를 조선인 전부가 달았다고 하면 그것은 조선 2400만이 진실로 황민화할 각오에 철저하였다는 중대한 추리자료가 될 것이다. 만일 그와 반하여 일본식 씨를 창설한 자가 소수에 불과하다 하면 그것은 불행한 편의 추리 자료가 아니 될 수 없는 것이다. 왜 그런고 하면 국가가 조선인을 신임하고 아니함이 조선 자신의 행불행에 크게 관계가 있을 것은 자명하기 때문이다. 그러므로 일본적인 씨를 창설하는 것은 일종의 정치적 운동이라고 나는 믿는다.

—『매일신보』 1940년 2월 20일

합리적 발전적 귀환을 논하는 말, 씨 설정을 주제로, 반도 풍습의 그 조국에로의 것

김문집

개벽 이래 조선이 오늘날만큼 행복했던 시대는 없었습니다. 왜냐하면 그것은 조선이 원래의 조선으로 돌아갔다는 것이겠지요. (중략) 우리나라는 반도와 내지가 일신동체一身同體였던 것이 그 뒤 여러 가지 사정 때문에 현해탄의 이쪽의 반도만이 따로 떨어져서 조선이라고 하는 나라를 만들게 되었습니다. 그래서 조선이 본국으로부터 떨어져서 다른 나라를 만든 결과가 어떻게 되었는가 하는 것은 누구보다도 조선 자신이 가장 잘 알고 있습니다. 낳아 준 어버이를 떨어져 남의 집—아니 의붓아버지 집에서 '행랑방' 살이를 해 온 그 자식의 비참함은 듣는 것만으로도 딱한 것입니다. 이처럼 우리는 오랜 '세월' 동안— 지나支那라고 하는 나라를 의붓아버지로 받아들여, 고집스럽고 탐욕스런 의붓아버지를 섬기듯 섬겨 왔던 것입니다.

　이 불쌍한 아이의 모습을 확인하고도 편안하게 발을 뻗고 쉬고 있는 어버이가 세상에 어디 있겠습니까? 없기 때문에 지금부터 30년이나 전에, 영명英名하고 자애로우신 우리 메이지明治 천황폐하는 친히 당신의 양팔을 벌리시고 고생 끝에 병을 얻어 거의 주검에 가까웠던 조선이라는 자식을 끌어안아서, 곧바로 당신의 집에 데리고 돌아와서는 친자식으로서 우리를 새롭게 키워 주시기로 한 것입니다.

　(중략) 원래 우리들의 아버님이신 천황폐하께서는 이를 몹시 불쌍히 여기시고, 누더기를 걸친 채 굶주리고 병든 우리 2천 3백만의 '조선'이라는 당신의 아이들에게 아낌없이 약과 먹을 것을 주시고, 하루라도 빨리 내지에서 다정하게 키워진 7천만의 자식들과 똑같이 복스럽고 행복한 형제로 키워 뛰어놀 수 있도록 여러 가지로 힘을 다하셨습니다. (중략) 모든 것이 행복해졌습니다. 이것은 바로 우리가 우리의 조상 집으로 돌아와서, 만세일계萬歲一系, 대대로 그 자리를 이어받아 온 '종가'의 자애를 내지동포와 다름없이 받았다고 하는 증거입니다.

　황실은 우리나라의 종가이며, 천황폐하는 우리나라의 아버님이신 것입니다. 그리고 2천 3백만의 조선동포는, 원래는 아주 오랜 옛날부터 7천만 내지동포와는 친형제였습니다. 나중에 서로 헤어져 남처럼 지내왔으나 지금부터 30년쯤 전에 다시 원래대로 우리 종가에 돌아가, 한 몸이 된 것이기 때문에 이미 이제는 사실로만 그런 것이 아니라, 호적상으로 보아도 내지동포와는 의심할 여지없는 진짜 형제가 된 것입니다. (중략) 우리는 우리와 우리 자손의 행복을 위하여, 하루라도 빨리 불선不善을 버리고 우리에게 결핍되어 있는 좋은 것을 추구해야 합니다. (중략) 다행히 민사 령의 일부가 개정되어 앞으로는 조선 동포도 씨를 설정하는 것이 법률적으로 허용되었으므로, 지금 곧바로 면사무소나 경찰서 또는 학교장이 있는 곳으로 달려가서, 씨를 만드는 방법이나 그것에 대한 의견 등을 묻고, 경사스러운 이번 기회를 놓치지 않도록 수속하도록 합시다. (중략) 2천 3백만 동포여! 우리는 지금 우리의 조상의 나라인 대일본제국의 진실 국민이 되지 않았습니까? 피를 나누고 태어난 자신의 어버이 집에 돌아온 이상 옛날 의붓자식으로서 봉공하던 그 시절의 풍속이나 관습을 과감히 씻어내고, 친형제와 일심일체가 되어 하나의 풍속으로 살아가야 우선은 어버이 된 자의 마음이 편할 수 있겠지요. (중략) 우리는 상고上古 때 우리 선조의 나라였던 일본으로 돌아와서 이제야 완전한 황국신민으로서 부족함이 없는 생활을 시작하고자 하고 있습니다. 그 황국신민이 지나식의 성을 그대로 가지고 있다는 것은 누가 보아도 불명예스럽고 부끄러운 일입니다. 신라시대 이전의 조선인은 모두 내지인과 같은 이름을 붙이고 있었다는 것은 역사가 명백하게 보여주고 있는 그대로입니다. (하략)

　　　　　　　　　　─『총동원』 1940년 3월호(필자는 조선문인협회 간사)

아세아의 피

김기진

오오 이날! 인류의 역사에 영원히 빛날
1941년 12월 8일

"제국帝國은 오늘 새벽에
서태평양 바다 위에서
미, 영 두 나라와 전쟁상태에 들어갔다"
아침의 라디오가 이 뉴스를 전할 때
진정 그대여, 혈관이 터질 듯 전신이 긴장하지 않던가?

길거리에서도, 전차 가운데서도
모르는 사람들끼리 마주보면서―
"해냈구나! 기어코!"
"마닐라, 홍콩, 싱가폴, 호놀룰루까지!"
"아! 시원하다! 체증이 떨어지누나!"
"인제 안심이다 가슴이 후련하다!"
호외를 들고서 이같이 주고받는
사람들의 얼굴에 기쁨이 넘치는 빛!

오오 드디어 동양의 하늘에 검은 구름 걷히어졌네

마침내 '선전포고'다!

미, 영의 두상頭上에 폭탄의 비를 퍼부어라!

얼마나 오래 전 일본국민이 이날이 오기를 기다렸을까

왼손에 십자가 오른손에는 칼

성서와 아편을 한 몸에 품고서

태평양 동쪽의 언덕 언덕을 구석구석을

기만! 통갈恫喝! 회유! 착취! 살육! 강탈!

끝없는 탐욕의 사나운 발톱으로 유린하여 오던

오! 저 악마의 사도를 몰아낼 때가 왔다

극동의 해가 찬란한 해가 뚜렷한 일장기가

아침 하늘에 빛난다

이글이글 탄다

황공하옵게도 조서詔書가 내렸다! '선전포고'다!

일억의 국민이 한꺼번에 일어섰다 기약期約하지 않고 일치해 버렸다

(중략) 오오 개전초일에 혁혁한 이 전과!

하늘이 돕고 땅이 돕고 신명이 돕네

필리핀 하와이를 점령하고

홍콩 싱가폴을 무찔러 버리자

탐욕 횡포한 유니온·잭과

오만 무례한 존 불의 산먹을 따 버리자!

그리고 우리의 일장기를 지키자
(중략) 모이자 일장기 아래로!

인류의 역사에 영원히 새겨야 할
오오! 1941년 12월 8일
—『매일신보』1941년 12월 13일~16일

징병제와 반도여성의 각오

天城活蘭(김활란)

이제야 기다리고 기다리던 징병제라는 커다란 감격이 왔다.

(중략) 우리에게 얼마나 그 각오와 준비가 있는 것인가? 우리는 아름다운 웃음으로 내 아들이나 남편을 전장으로 보낼 각오를 가져야 한다. 따라서 만일의 경우에는 남편이나 아들의 유골을 조용히 눈물 안 흘리고 맞아들일 마음의 준비를 가져야 한다. (중략) 모든 것이 내 것이 아니다. 내 남편도 내 아들도 물론 국가에 속한 것이다. 그러고 보면 국가에 속한 내 남편이나 아들 또 내 생명이 국가에서 요구될 때 쓰인다는 것은 너무나 당연한 일이다. 못 쓰인다면 오히려 그 얼마나 부끄러운

일인가. 꼬집어 말하자면 나라를 위해서 무엇을 바친다는 것도 말이 안 된다. 나라의 것을 나라가 쓰는 것이지 내가 바칠 것은 아무것도 없는 것이다. 잠깐 맡았던 내 아들이 훌륭히 자라서 나라가 다시 찾아가는 것이다.

(중략) 이제 우리에게도 국민으로서의 최대 책임을 다할 기회가 왔고, 그 책임을 다함으로써 진정한 황국신민으로서의 영광을 누리게 된 것이다. 생각하면 얼마나 황송한 일인지 알 수 없다.

— 이화여자전문학교장 「女性의 武裝」, 『조광』
제8권 2회, 1942년 2월

일제를 찬양하면서 충성을 맹세한 글은 이루 헤아릴 수 없을 정도로 많았다. 손아귀에 들어오지 않을 만큼 두꺼운 책으로 묶어도 삼사십 권은 족히 될 것이었다. 그 가운데 일제에 대한 극찬과 충성심으로 가득 찬 문사들의 글을 읽으면서 우리 할아버지들이 다행이라고 생각했지만, 그건 어디까지나 궁여지책일 뿐 마음이 불안하기는 마찬가지였다. 다시 준호가 두려워지기 시작했다. 일이 손에 잡히지 않았다. 판결문을 쓰자면 밤새 고민을 해도 모자랄 판인데 정신이 자꾸 흐트러졌다. 인간과 죄에 대하여 밤을 새워 생각하기 시작했다. 구약성경 창세기의 아담과 하와로 대표되는 인간의 죄는 자신들을 지어 준 신을 속인 탓에 신을 볼 수 없다는 것, 그것이 곧 '사람이 자신의 양심을 볼 수 없는 이유'가 아닐까, 하는 생각이 들었다. 눈에 보이지 않는 것을 두려워하지 않는 인간의 본성이 두려워 윤태영에게 푸념조로 말을 걸었다.

"이 세상에 죄인 아닌 인간이 있을까?"

"갑자기 무슨 소리야?"

"죄인이 죄인을 심판할 수 있을까?"

"갑자기 죄인론을 펼치는 이유가 뭐냐니까?"

"문득 내가 죄를 심판하는 판사라는 게 가증스럽게 느껴져서 그래."

"이 판, 왜 그래?"

"그냥."

"요즘 아무래도 이상해. 뭐야?"

"아무것도 묻지 말고 그냥 내 말만 들어 줘."

"준호 때문이지?"

두서없는 내 언사를 윤태영은 전혀 눈치채지 못한 채 엉뚱한 준호를 꺼내 들며 다그쳤다.

"준호 문제가 아니야. 갑자기 나 같은 인간이 인간을 심판한다는 게 말이 안 된다는 생각이 들어서 그래. 존속살인자 가인을 보호하고 나선 하나님도 이상하고. 정말 하나님이야말로 이상하잖아? 금기를 어기고 선악과를 따 먹었다는 이유로 아담과 하와에게는 죽음이라는 벌을 내리면서, 살인범 가인에게는 너무나 관대했잖아. 가인이 살인을 했는데도 벌을 내리기는커녕 가인이 사람들이 자기를 죽일 거라고 호소하자 가인을 죽인 자에게는 죄를 일곱 배나 더하시겠다고 하면서 심지어 보호해 주겠다고 약속까지 했으니까."

아담과 하와의 장자 가인이 저지른 구약성경 창세기의 첫 살인사건은 아무리 성서라지만 사실 지금까지도 나를 어리둥절하게 만들었다.

"하나님도 막상 살인이라는 사건을 당장 어떻게 처리할지 종잡기 어려운 게 아니었을까. 아니면 모든 건 하나님만이 심판할 수 있다는 신의 절대 권한을 의미한 것이든지."

"그렇다고 면죄부를 주는 것도 모자라 범죄자를 보호까지 해 주는 건 이해할 수 없어."

"하나님은 죄를 지었다고 해서 직접 심판하는 게 아니라, 스스로 자신을 심판하도록 만들어 간다고 봐야지."

"과연 인간이 자신을 심판할 수 있을까? 철저하게 이기적인 인간이 자신을 버릴 수 있느냐구."

"인간이 동물과 다른 건, 자신을 심판할 수 있는 양심이 있다는 거 아니겠어."

"양심? 인간의 양심엔 한계가 있다는 거 우린 잘 알잖아. 범법자들을 통해서."

"그런데 인간에겐 이타심이라는 반짝반짝 빛나는 보석도 있잖아. 나보다 남을 생각하는 마음, 그것 때문에 인간은 누군가를 위해 무엇인가를 위해 자신의 평생을 바칠 수도 있고, 희생할 수 있는 굉장한 힘을 발휘하는 거지. 예수님께서 '나를 따르려거든 너의 모든 것을 다 버려야 한다'고 천명한 것도 그걸 믿기 때문이었고, 바울이 로마를 다니면서 '십자가에 자신을 못 박지 않고는 예수를 따를 수 없다'고 역설한 것도 같은 맥락 아니겠어."

"그런데 가인은 끝까지 자신을 심판하지 않고 자손을 퍼뜨리며 잘 살았잖아. 어디에도 가인이 반성했다거나 자신을 스스로 심판했다는 내용이 없어."

"그래서 하나님은 장자인 가인의 계보를 택하지 않고, 아벨 대신 '셋'을 태어나게 하여 그 자손들로 계보를 이었지. 뿌리 말이야."

"가인을 계보에서 제외시킨 것으로 그가 지은 죄가 상쇄될 수 있을까?"

"상쇄되지 못하지. 그래서 하나님은 세상을 만들기 전에 미리 인간의 양심을 바탕으로 정의를 세운 것 아니겠어."

"정의는 양심에서 이루어진다는 이야기야?"

"그렇지. 정의는 양심의 줄기 끝에서 피어나는 꽃이니까."

윤태영의 말은 결국 정의로 집약되었다. '정의는 양심의 줄기 끝에서 피어나는 꽃'이라는 그의 말에 나는 말문이 막혔다. 창세기 1장 첫머리를 생각했다. 하나님은 세상을 만들기 전에 가장 먼저 빛과 어둠을 구별하는 일을 했고 가장 먼저 '빛이 있으라'명령했던 것은 물리적 빛 외에 정의였다는 확신이 들었다. 정의는 인간의 정신 가운데 가장 핵심인 탓에, 정의는 지혜와 용기와 분노를 품은 탓일 것이었다.

사실 정의는 우리 같은 법학도들에게 가장 핵심적인 문제였다. 우리는 대학에서 법학을 배울 때 우리의 뼈를 정의로 다시 갈아 끼워야 했다. 우리는 앉으나 서나 정의正義란 "사회나 공동체를 위한 옳고 바른 도리이다, 바른 의의意義다. 철학적으로는 플라톤의 철학에서, 지혜와 용기와 절제의 완전한 조화를 이루는 것"이라고 외웠다. 머리로 외우는 것이 아니라 가슴으로 외워야 했다. 그래야 옳은 법률가가 된다고 했다. 이것은 우리가 알아야 할 가장 첫 번째 정의라고 하여 정의1이라 했고, 보편적으로 말하는 정의定義2도 함께 외워야 했다. 정의2는 어떤 단어나 사물의 뜻을 명백히 밝혀 규정하는 것이고, 논리적으로는 어떤 개념의 외연에 대하여 내포内包를 구성하는 여러 속성 가운데 본질적인 속성을 제시하여 그 내포를 한정하는 것이었다.

윤태영이 강조한 정의와 내가 지금까지 머리로 외운 정의가 막다른 골목에서 서로 마주친 것처럼 맞닥뜨렸다. 거기다 하나님의 첫 명령 '빛이 있으라'는 다름 아닌 '정의를 실현하라'는 명령으로 치환되었다. 이 막다른 골목을 피할 수 없었다.

"선배, 우린 반드시 정의를 실현해야 할 사람들이겠지?"

"새삼스럽게 무슨 말이야?"

"그런데 과연 이 세상에 정의다운 정의가 존재하기는 하는 걸까?"

"지혜와 용기를 탐할 줄 알고, 불의에 분노할 줄 알면 정의는 살아 있다고 봐야 하지 않을까? 그런데 이 판, 정말 이상해. 도대체 무슨 말이 하고 싶은 거지?"

윤태영이 고개를 갸웃거렸다. 나는 더 이상 말을 하지 않았다. 차마 할아버지가 친일파 명단에 들어 있다는 말을 입 밖에 꺼낼 수가 없기 때문이었다. 그런 이유로 준호가 두렵다는 말도 할 수 없었다.

친일인명사전이 신문에 나고 TV뉴스를 타면서 여기저기서 두 가지 평가로 갈렸다. 하나는 이미 지나간 걸 가지고 이제와서 뭘 어쩌자는 것이냐는 것이었고, 하나는 이제라도 진실을 알리고 친일파가 반성하고 국민에게 사죄해야 한다는 것이었다. 그런데 장본인들은 대부분 사망한 처지이니 그 후손들이 대신 사죄를 해야 한다는 분위기였다. 우리 가족들 역시 황당해했다. 때마침 엄마 생신날 모인 자리에서 엄마와 남동생들이 친일인명사전을 만든 사람들을 향해 질타를 퍼부었다.

"도대체 이제 와서 뭘 어쩌자는 거야."

"좌파 새끼들 언제나 그렇지 뭐."

"일제든, 독재든, 국민을 잘 먹여 살리면 되는 것 아니야? 어차피 그때 나라를 우리 힘으로 어쩔 수 없었잖아."

"빨갱이 새끼들이 덮어놓고 떠들고 있는데, 그때 조선은 거지급이었다는 걸 알아야지."

이야기가 이쯤 되자 막내 여동생 복이가 더 이상 참지 않았다.

"거지급이면 나라를 남에게 줘 버려도 되는 거야? 오빠들 권리를 누가 빼앗아도 그렇게 말할 수 있을까? 그리고 국민을 잘 먹여 살리면 된다구? 국민이 동물이야?"

"당시 식민지가 우리뿐인 줄 알아. 아시아 후진국 대부분이 식민지였어. 카리브해 세인트루시아는 무려 열네 번이나 주인이 바뀐 것도 모자라 영국에게 무려 150년 동안 식민지였고. 지금도 영국 국왕의 명으로 총독을 임명하고 있잖아."

복이의 말에 남동생들이 발끈했다. 나는 잠자코 듣고만 있었다. 남동생들 말대로 이미 지나간 일인데 뭘 어쩌란 말인가 라는 생각에 몰두하려고 애썼다. 정말 모든 건 다 지나가 버린 옛일이었다.

복이를 제외한 우리 가족들처럼 앞일을 생각하기에도 벅찬 세상에 애타게 지나간 과거에 매달린다는 것은 낭비라는 생각을 강화시키면서 계속 윤태영에게 할아버지에 대한 말을 함구했다. 그러다 보니 준호는 물론 윤태영과도 만나기가 거북해졌다. 그래서 점점 교회에 나가지 않자 윤태영이 줄기차게 전화를 했다.

"이 판, 준호와 무슨 일 있지? 생각해 보니까 준호도 뭔가 이상하거든."

"준호가 왜?"

준호가 이상하다는 말에 화들짝 놀랐다. 준호가 궁금했다.

"준호도 무척 의기소침해졌지 뭐야. 요즘엔 도무지 입을 열지 않아. 아무튼 지독하게 우울해."

"공부 때문이겠지. 직장일 하랴 공부하랴 얼마나 피곤하겠어."

"준호가 피곤한 게 하루 이틀이야."

윤태영에게 말은 그렇게 했지만 내심 준호가 걱정이 되었다. 준호는 뒤늦게 야간 대학에 들어가 신학을 공부하고 있었다. 준호가 피곤하게 산다는 것은 새삼 놀랄 일이 아니었다.

윤태영 말대로 준호도 나를 피하는 눈치였다. 상대를 쳐다보기가 민망할 때의 그런 느낌이 나에게 전달된 것이었다. 나도 마찬가지였다. 나는 자꾸만 준호가 제사음식 때 나에게 쏘아붙였던 말이 떠오르면서 문득문득 그가 낯설어진 것이었다. 그러면서도 그가 보이지 않으면 보고 싶었다. 그가 내 시야에 있으면 바라보기 힘들고, 시야를 벗어나면 보고 싶은 일이 반복되면서 나는 결국 윤태영에게 할아버지 이야기를 고백하고 말았다.

"그래서 준호를 피한 거였어?"

뜻밖에도 윤태영이 태연했다.

"솔직히 그래, 지금까지 까맣게 잊혀진 일인데 준호 씨가 옛날에 했던 말이 자구 떠오르지 뭐야. 다시 나를 공격하는 것처럼."

"실은 나도 알고 있었어. 이 판 할아버지가 일제강점기에 군수를 지냈다는 거. 준호가 말해 주더라. 그리고 이 판에게 지금까지 미안하단 말을 하지 못했다고. 그래서 늘 미안하다고. 그리고 막상 친일행위자 인명사전이 나오자 이 판 보기가 더 힘들어진다고. 이 판이 무슨 잘못이 있느냐는 거지."

의외였다. 준호가 윤태영에게 자신의 심정을 말했다는 것은 그만큼 힘들었다는 증거였다.

준호와 나는 그런 식으로 서먹하게 시간을 보냈다. 서먹한 가운데서도 나는 나대로 준호는 준호대로 각자의 삶을 살아야 했다. 준호의 생활은 더 나아질 방법이 없었다. 여전히 새벽마다 배달을 하고 낮에는 출판사에서 제본을 하고 밤에는 야간 대학에서 공부를 하는 식이었다.

"오빠를 보면 가엾어 죽겠어요. 무거운 책을 이리저리 옮기다 보면 팔이 빠져나간 것만 같대요. 밤마다 팔이 아려 잠을 못 잘 때가 많아요. 그뿐인 줄 아세요. 기침도 많이 해요."

"기침을 한다구?"

"종이 먼지 때문이래요. 가끔 작업장에 가보면 도무지 숨을 쉴 수가 없거든요. 먼지가 오빠를 야금야금 잡아먹는 것만 같아요."

준희 말대로 준호는 종이 먼지에 야금야금 잡아먹히면서

신학대학을 졸업했다. 준호가 대학을 졸업하던 날 윤태영과 내가 그에게 꽃다발을 안겨 주었다. 그리고 윤태영이 감격에 겨운 축하 메시지를 건넸다.

"준호, 결국 해낸 거야. 내 친구 장하다!"

나 역시 "축하해"라고 했다. 그런데 축하한다는 말이 어딘가 공허하게 들렸는지 윤태영이 나를 뜨악한 표정으로 바라보았다. 그럴 것이었다. 내 속에서 나온 축하한다는 말은 걱정이 절반이었다. 앞으로 걸어가야 할 목회자의 길이 녹록지 않기 때문이었다.

사실 준호가 신학대학에 들어갔을 때, 몹시 못마땅했다. 목사의 삶은 일제강점기의 독립운동가 못지않게 험난한 탓이었다. 그가 더 이상 고행의 삶을 사는 게 싫었다. 그렇다고 왜 하필이면 목사를 선택하느냐는 말도 함부로 할 수가 없었다. 불경스러운 말이기 때문이었다. 교회에서는 목사를 하나님으로부터 기름부음(목사 안수)을 받은 거룩한 존재로 여겼다. 그 옛날 이스라엘에서는 왕이나 예언자를 임명할 때 향유를 온몸에 발라 주었는데 하나님의 영이 그들에게 내리도록 기원하는 성스러운 의식이었다. 예수님도 하늘로부터 기름부음을 받았으므로 기름부음을 받은 목사는 이 지상에서 예수님의 일을 수행한다는 의미였다. 당연히 목사의 아내도 거룩한 영혼의 소유자로서 목사에 준한 사람이 되어야 한다. 목사가 개인의 모든 영달을 버리고 오직 하나님만 섬기는 존재라면 목사

아내 역시 세상 것을 다 버리고 목사의 수족이 되어 주어야 한다. 그때 나는 준호와 결혼을 꿈꾸기도 했었는데 아무리 생각해도 목사의 아내가 될 자신이 없었다. 나에게는 희생하면서 봉사할 자신도, 자질도 없었다. 그런데 준호를 포기하기도 싫었다. 그래서 철두철미하게 경건주의자로 소문난 준호를 흔들어 보리라 마음먹었다.

어느 날 준호에게 외국 선교사를 만나러 가자며 인천 송도로 갔다. 바다를 구경하며 시간을 끌다가 호텔로 갔다. 선교사가 묵고 있는 호텔이라고 거짓말을 했다. 미리 예약해 둔 방으로 갔다. 준호는 아무런 의심 없이 성큼성큼 따라와 주었다.

"선교사는?"

준호가 두리번거리며 선교사가 어디 있는지 물었다.

"그런 사람은 없어."

"뭐라구?"

"나 이제 솔직해지기로 했어. 적어도 내 감정을 숨기지 않기로. 오늘 밤에 다 이야기하기로."

"여긴 아니야. 우리 다른 곳으로 가자."

"준호 씨도 이젠 솔직해졌으면 좋겠어. 나에 대한 감정 말이야."

준호는 얼굴이 붉어진 채 당황스러움을 감추지 못했다. 나는 냉장고에서 맥주를 꺼내 탁자에 놓고 따라 줄 것을 요구했다. 준호는 한참을 머뭇거리더니 내 성화에 못 이겨 맥주를 따라 주었다. 나도 맥주를 따라 주었지만, 준호는 맥주를 마시지 않았다. 목사가 되겠다는 철저한 신념일 것이었다. 나는 준호 것까지 마셔 버렸다. 준호는 의아한 표정으로 나를 바라보았다.

"준호 씨, 우리 연애해요. 아니 결혼해요."

나는 단도직입적으로 나가기 시작했다. 준호 얼굴이 하얗게 변했다.

"뭐 연애? 결혼? 이함이 나와?"

"왜? 안 돼?"

준호는 마치 실어증에 걸린 사람처럼 어이없는 표정만 짓고 있었다.

"누구든 남녀는 결혼할 수 있고. 나는 여자이고 준호 씨는 남자야. 그리고 우린 미성년자가 아니라 자신의 문제에 대한 결정권이 있는 성인이야. 그런데 왜 안 되지?"

"그래 말하지. 나는 목회자가 되어야 하고. 넌 목회자의 아내가 될 수 없어."

내가 생각했던 대로 준호도 내가 목사의 아내가 될 수 없다고 했다.

"목사 아내? 못할 것도 없어. 하면 되지."

"목사 아내가 어떻게 사는지 몰라서 그래? 다 버려야 해. 판사도 뭣도 다."

"다 버리지. 판사 버리면 되잖아?"

"넌 못 버려. 첫째 너의 집안이 그걸 허락하지 않아. 난 너의 집을 잘 알아."

"그래, 그럼 내가 버릴 수 있다는 걸 보여 줄게. 자, 봐."

나는 상의를 벗었다. 브래지어만 남은 상체가 고스란히 드러났다. 내가 태어나 처음으로 남자 앞에서 옷을 벗은 것이었다. 준호가 의자에서 벌떡 일어섰다. 나는 재빨리 그의 앞을 가로막았다.

"정신 차려 이함. 너 고작 이 정도였어? 이건 너답지 않아."

"나다운 게 뭐지?"

"넌 세상에서 가장 고상한 사람이야. 이건 삼류들이나 하는 짓이라구."

"세상에서 가장 고상한 사람? 삼류들이나 하는 짓? 이것 봐요 김준호 씨, 세상 모든 인간은 이 짓을 통해 태어났고 태어난다구요. 제아무리 성스러운 위인도, 교황님도. 천하보다 귀한 고기하기 짝이 없는 생명 모두가."

"제발 나를 실망시키지 말아 줘."

나는 그의 말을 무시한 채 그의 목을 끌어안았다. 준호도 나를 끌어안았다. 나는 그의 목을 죽어도 놓지 않을 것처럼 완강하게 끌어안고 키스를 하려고 시도했다. 준호는 나를 저지할 양으로 완강하게 끌어안으면서 고개를 반대 방향으로 돌렸다. 나는 불이고 준호는 불을 끄는 소방호스 같았다.

나는 하나님과 준호, 그리고 나 스스로를 속이고 있었다. 나는 목사의 아내가 될 수 없다는 것을 준호보다도 내가 더 잘 알고 있었다. 다 버리고 그 길을 갈 용기가 없었다. 할아버지가 떠올랐다. "세상 모든 것이 함이 너에게 다 모여들 것이야"라고 하셨던 말씀이 내 머릿속을 섬광처럼 스쳤다. 나는 할아버지를 실망시키는 삶은 살기 싫었다. 그러면서도 준호를 놓고 싶지 않은 이상한 감정에 휘말렸다. 나는 자신까지 속여 가면서 그에게 정말 키스를 하려고 했다. 그때 준호가 나를 강력한 힘으로 흔들어 깨웠다.

"넌 김준호 애인이나 아내 따위가 아니라, 대한민국의 정의를 위해 뭔가를 해야 해. 그게 함이 네가 가야 할 길이야."

"대한민국의 정의?"

"판사는 성직이라는 것, 다른 판사는 몰라도 함이 너만은 명심해주길 바란다. 나 항상 그렇게 기도하고 있어. 그리고 함이 넌 꼭 그런 판사가 된다는 확신이 들었어."

분위기가 숙연해지고 말았다. 그의 말은 독립운동가의 지고한 말씀 같았다. 나는 대한민국의 정의를 위해 옳은 판사가 될 자신은 없었지만, 그의 당부를 내 정신 속에 잉태하고 싶었다. 아니 반드시 그래야 한다는 의무 같은 것이 느껴졌다. 나는 서둘러 상의를 입었다. 그리고 들어올 때처럼 앞장서서 방을 나오려고 했다. 방을 나오기 전, 이번에는 준호가 나를 조심스럽게 끌어안았다. 그리고 맹세하듯 말했다.

"죽는 날까지 널 품을게. 내 영혼 속에."

나는 정말 그의 영혼 속에 죽는 날까지 내가 존재하기를 바랐다.

소망한 대로 결국 목사 안수를 받았다. 비록 준호가 목사가 되는 게 못마땅했지만 그가 정식으로 목사 안수를 받았을 때는 이제야말로 그의 고통이 다 끝난 것이겠거니 했다. 교회를 맡게 되면 일단 생활이 보장되는 탓이었다. 하나님의 종이라는 목회자의 길을 생업으로 보는 건 교회의 사고에 맞지 않지만 준호 형편 상 그런 생각이 먼저 들었다. 그런데 그건 내 생각일 뿐이었다. 준호의 고통은 오히려 그때부터 시작이었다. 교회도 유학파니 뭐니 하면서 화려한 스펙과 전도유망한 젊음을 선호하는 현실에서, 중 고교 모두 검정고시 출신에 마흔 살이 다 되어서야 변두리 야간 신학대학을 졸업한 목사를 반기는 교회는 거의 없었다. 갈 데가 없는 김준호 목사, 갈 데가 없지만 목사의 길을 가고 싶은 김준호 목사는 인터넷을 통해 전국 교회를 뒤졌다. 무려 6개월이 지난 어느 날 윤태영이 준호보다 먼저 숨 가쁘게 전화를 걸어 소식을 알렸다.

"준호 드디어 교회 찾아냈어."

"정말이야? 어디?"

"전라도 어느 섬이래. 조금 먼 곳이긴 하지만, 더운 밥 찬 밥 가리게 생겼어."

"섬?"

"완도에서 배를 타고 세 시간쯤 가는 섬인데 하나님 은혜로 수십 대 일, 경쟁을 뚫었다는 거야."

나는 더 이상 놀라지 않았다. 배를 타고 세 시간을 가는 섬이든, 걸어서 세 시간을 가는 산골이든, 준호가 원하는 건 목회자의 길이었고 소원을 이룬 것이었다.

준호가 서울을 떠나기 전, 축하를 해 주기 위해 윤태영과 나 그리고 교회 남선교 팀이 모였다. 그때 우리는 40세가 넘었으므로 더 이상 청년부가 아니었다. 축하자리인데 분위기가 위로하는 자리처럼 점점 숙연해져 갔다. 처음에는 요즘 새로 배출되는 목회자들이 갈 곳이 없는데 잘됐다, 또는 섬에서 목회를 하면 영성이 깊고 맑아지게 되어 하나님의 은혜가 더욱 충만하게 된다는 등 덕담이 오갔지만 곧 속내를 드러내고 말았다.

"뱃길이 만만치 않다는데 과연 괜찮을까?"

"그래 말이야. 일주일에 잘 해야 두 번 배가 뜬다는데. 날씨가 좋지 않으면 열흘이고 보름이고 꼼짝 못하고."

"초등학교도 없어 아이들을 인근에 있는 완도로 유학을 보낸다더군."

"그런데 교인 수는 얼마나 되지?"

걱정이 꼬리를 무는 가운데 누군가 교인 숫자를 거론했다.

"둘 이상만 모여도 주님께서 함께하신다고 했는데, 숫자가 중요한 건 아니지."

잠자코 듣고 있던 준호가 태연하게 말했지만 사람들은 걱정스러운 표정을 감추지 못했다.

준호는 그렇게 걱정 속에 섬으로 떠났고, 다행히 섬 생활을 신비로워하면서 날마다 이메일로 소식을 알려 주었다. 잠을 잘 때도 파도소리가 들리니 눈을 떠도 바다 눈을 감아도 바다라고 했다. 예수님께서 활동을 시작할 때 맨 처음 바닷가로 나간 이유를 이제야 실감한다면서 노상 주님과 함께 바닷가를 동행하는 것 같다고 했다. 그렇게 준호는 날로 영성이 깊어져 갔다. 섬마을은 50여 가구에 대부분 노년층이고 젊은 층은 섬을 지키겠다는 사명을 띤 10여 가구라고 했다. 들은 대로 아이들은 완도로 유학을 가 있더라고 했다. 바다를 대상으로 자급자족을 하면서 살아가는 섬사람들 생활은 언제나 바쁘다고 했다. 준호도 예배가 끝나면 바다로 나가 일손을 도와야 한다면서 당당한 일꾼이 되었노라고 자랑을 늘어놓았다. 더욱이 섬에서 한여름 미역 채취는 일 년 농사 중 가장 큰 수입원인데 길에 돌아다니는 강아지도 불러들일 정도로 일손이 딸린다고 했다.

그리고 3년차 여름, 준호가 우리 교회 청년부를 섬으로 초대했다. 해마다 여름이면 교회에는 하계 수련회가 있고 보통 2박 3일에서 일주일 정도를 잡아 다른 지방으로 수련회를 떠났다. 우리 교회는 준호가 있는 섬으로 떠나기로 했고 모두 환호성을 질렀다. 윤태영과 나는 이미 중년이 되었으므로 청년부 소속이 아니지만 준호가 사는 섬을 가 보지 않을 수 없었다. 서울에서 승합차를 타고 5시간을 달려 완도로 간 다음 다시 배를 타고 섬으로 갔다. 완도에서 유학하는 아이들도 여름방학을 맞아 섬으로 돌아와 있었다. 아이들은 초등학생과 중학생을 합해 열한 명이었다. 아이들은 모처럼 고향 집에 돌아왔지만 쉴 틈이 없었다.

우리는 그곳 교회에서 여름 성경학교를 마치기가 무섭게 아이들과 함께 미역 베는 일을 돕기 위해 바다로 나갔다. 사실 수련회는 섬사람들 일손을 돕는 게 목적이었다. 바다에서 미역을 채취해야 하고, 채취한 미역을 널어 말려야 하고, 말린 미역을 거두어 정리해야 하는 등, 준호 말대로 이제 막 태어난 강아지라도 불러들일 정도로 바빴다. 미역은 물속 깊은 바위에 붙어 있고, 썰물 때가 되어 물이 내려가면 낫으로 풀을 베듯 미역을 베었다. 물이 바위 아래로 쑥 내려가면 그때를 이용해 섬사람들이 미역을 베어 둘둘 말아 위쪽을 향해 던져 주면 우리들은 그걸 주워 모아 망태에 담았다.

그렇게 3일째 일을 돕던 날 초등생 아이가 발을 헛디뎌 미끄러졌고, 준호가 넘어진 아이를 붙잡으려고 급히 몸을 움직였다. 아이는 준호 손에 붙잡혀 바다로 굴러 떨어지지 않았고 대신 준호가 바위 아래로 굴러 떨어지면서 바다에 빠지고 말았다. 우리는 어떻게 해야 할지 몰라 발을 구르는 사이에 준호는 파도에 실려 천우신조로 바위에 얹히게 되었다.

그 지경에서 사람이 무사할 리가 없었다. 준호는 바위에 부딪치면서 갈비뼈와 다리뼈가 부러진 상태였다. 완도 적십자병원으로 이송했지만 보호자가 아무도 없었다. 준호 어머니는 이미 돌아가셨고 준희와 준수는 선교사로 멀리 해외에 있었다. 평화시장에서 나온 준희는 야간 여상을 졸업하고 교회 지원을 받아 신학대학을 졸업했다. 막내 준수도 마찬가지였다. 미싱사가 꿈이었던 준희는 전도사가 된 것이었다. 준희가 멀리 해외 선교사로 파견되던 날 나를 얼싸안고 울었다.

"언니가 아니었으면 나는 지금쯤 평화시장 미싱사가 되어 옷 만드는 데 푹 빠져 있겠죠."

준희를 멀고 험한 곳으로 보내면서 나도 눈물을 흘렸다. 준희와 준수는 기왕이면 가장 힘든 곳으로 가겠다면서 아프리카 라이베리아를 선택했다. 수도 몬로비아에서 얼마 떨어지지 않은 외곽 지역인데도 수년 동안 치열한 내전을 겪은 탓에 화장실도 없고 마실 물도 구하기 힘든 곳이라고 했다. 준희와 준수는 그렇게 멀리 있고, 돌봐 줄 사람이 없는 탓에 우리는 준호를 서울에 있는 병원으로 옮기고서야 마음을 놓을 수 있었다. 그런데 준호는 몸이 회복되자 다시 섬으로 돌아가겠다고 고집을 부렸다.

"섬은 더 이상 안 돼."

"섬사람들이 나를 학수고대 기다리고 있어. 내가 섬으로 가야 하는 건 하나님 뜻이야."

"하나님 뜻이라 해도 안 돼."

"하나님 뜻을 거역할 수 없어. 물에 빠진 나를 건져 올리신 이유가 뭐겠냐구. 주님께서 나에게 큰 바다에 빠뜨려 진짜 세례를 베푸신 이유를 생각해야지."

"하나님 뜻도 해석하기 나름이야. 우린 이제 너를 섬에 보내지 않기로 했어. 너보다 우리가 더 힘들기 때문에."

윤태영이 단호하게 가로막았다. 준호도 우리가 더 힘들다는 말에 할 말이 없는 모양이었다. 아무튼 우리는 준호를 더 이상 섬으로 가게 할 수는 없었다. 사실 준호를 섬에 보내 놓고 마음을 놓은 적이 거의 없었다. 날마다 이메일 편지로 섬 생활이 마치 천국인 것처럼 말했지만 우리는 늘 조마조마한 심정을 감출 수가 없었다.

우리의 만류로 섬으로 돌아가지 못한 준호는 하남시의 어느 변두리 상가 30여 평 남짓한 공간을 얻어 개척교회 간판을 걸었다. 교인은 할머니 할아버지들뿐이었다. 헌금을 내는 게 아니라 오히려 돌봐 주어야 할 독거노인들이었다. 윤태영과 내가 도울 수 있는 일은 십일조를 준호 교회에 내주는 일이었다. 준호는 따로 일을 하면서 교회를 운영해 나갔다. 무슨 일을 하는지 우리에게 말을 하지 않았고 우리는 캐묻지 않았다. 그런대로 잘 지탱해 가는 것 같았다. 고맙다며 윤태영이 가끔 칭찬을 했다. 윤태영이 고맙다고 칭찬을 했지만 그의 삶은 나이를 먹어 갈수록 자꾸 힘들어가기만 했다. 50대에 들어섰지만 교회는 성장하지 못했다. 성장은커녕 준호는 계속 독거노인들을 돌봐야 했다.

"그분들은 내 아버지 같기도 하고 어머니 같기도 해."

준호는 할머니 할아버지들을 부모를 섬기는 마음으로 대했다.

그리고 늦가을 어느 날 나는 한 남자를 발견하게 되었다. 벙거지 모자를 깊숙이 눌러 쓴 중년 남자가 감귤을 실은 리어카를 끌고 경사진 길을 내려오고 있었다. 위태위태했다. 감귤의 무게에 남자가 끌리기 시작했다. 그러더니 줄줄 미끄러지듯이 리어카가 아래로 급박하게 내려오면서 감귤이 와르르 쏟아져 내렸다. 노란 감귤이 밀물처럼 경사진 길을 타고 내려와 찻길로 흩어졌다. 차들이 깔고 지나갔다. 차바퀴에 깔린 감귤이 납작하게 터지면서 길이 젖었다. 남자의 눈물이 흘러 길을 적신 것만 같았다. 사람들이 가던 걸음을 멈추고 구경하느라 바빴다. 어떤 사람들은 길 가장자리로 굴러간 감귤을 부지런히 주워 주머니에 넣기도 했다.

나는 마침 신호 대기 중이었고, 내 차 바퀴에도 감귤이 깔렸을 것이라는 생각을 하면서 안타까워했다. 문득 감귤장수 남자에게 미안하다는 생각이 들었다. 어려서부터 늘 미안한 미안증이 재발한 것이었다. 모든 게 나 때문인 것만 같았다. 감귤이 길거리로 굴러간 것도 힘들어 보이는 남자의 삶도 다 내탓인 것만 같았다. 남자는 빈 리어카를 붙잡은 채, 벙거지 모자를 벗고 하늘을 향해 심호흡을 퍼내고 있었다. 나는 남자를 유심히 쳐다봤다. 그건 분명히 눈이 커다란 김준호 목사였다. 감귤 장수 중년 남자가 준호였다는 사실을 알았을 때 가슴속 실핏줄이 한꺼번에 연타로 터져 버린 듯했다. 가슴이 너무 쓰라렸다. 내가 처음으로 목격한 준호의 현실이었다. 나는 재빨리 눈길을 다른 데로 돌린 채 지나쳐버리고 말았다.

그날 이후 줄곧 마음이 공허하기 짝이 없는데 준호가 쓰러졌다는 연락을 받았다. 윤태영과 내가 급히 병원으로 달려갔다. 폐암 말기라고 했다. 태어나 담배 한 개비 피워 본 적이 없는데 믿을 수 없다면서 준호가 받아들이지 않았다.

"난 준호가 폐암에 걸린 이유를 알 것 같아."

윤태영이 나를 바라보며 말했다. 나는 문득 '종이 먼지가 오빠를 야금야금 잡아먹는 것만 같다'는 준희의 말을 떠올렸다. 그런데 윤태영은 세상이 하도 어이가 없어서 준호의 허파가 노상 허탈하게 열려 있었고 세상의 온갖 더러운 먼지가 준호의 폐로 모조리 빨려 들어간 것이라고 했다.

생각해 보니 그럴듯했다.

"우리가 의학상식은 모르지만 허파정맥과 허파피돌기 정도는 고등학교 때 배웠잖아. 그러니까 허파정맥과 허파피돌기가 도무지 소통이 이루어지지 않은 거야."

폐에서 산소를 받아들여 이산화탄소를 방출한 동맥피를 심장으로 보내는 좌우 두 개의 혈관을 허파정맥이 맡고 있다는 것, 그리고 심장의 피가 우심방에서 우심실로 가서 폐동맥을 따라 모세혈관으로 흘러 폐정맥을 통하여 좌심방으로 들어가는 피의 순환구조를 허파피돌기라 불렀다. 그런데 이런 순환구조에서 허파정맥과 폐동맥이 서로 소통이 안 된 거라는 말이었다.

"우와 좌의 불不소통 때문이란 말이지?"

윤태영의 말은 세상이 준호에게 있어 정상이 아니라는 것이었다. 정작 대접을 받아야 할 사람은 세상 밑바닥을 헤매야 하고, 그렇지 않아야 할 사람들이 승승장구하며 살아가는 세상을 개탄하는 말이었다.

준호는 좀처럼 병을 인정하지 않았다. 우리는 준호를 따라다니며 돌봐 줄 처지가 못 되고, 준희 준수는 해외에 나가 있으니 준호가 무슨 짓을 하는지 알 수가 없었다. 준호는 그런 상태로 또 돈을 벌기 위해 일을 한 모양이었다. 중간중간 쓰러져 119 구급차에 실려 다닌 끝에 여섯 번째는 병실에서 나오지 못했다. 그때부터 진짜 환자노릇을 하기 시작했다. 통증이 심해지면서 준호의 얼굴색이 까맣게 변하기 시작했다. 윤태영과 내가 퇴근 후 교대로 병실을 지켜야 했다. 준호는 진통제를 맞지 않은 상태로는 견디지 못할 지경에 이르렀다. 윤태영이 병실을 나올 때마다 고개를 흔들었다.

"차라리 빨리 천국으로 가는 게 낫겠다는 생각이 들어. 이건 고문이야."

준호는 고문 같은 고통스러운 모습을 나에게는 보여 준 적이 없었다. 내가 가는 날엔 가장 강력한 모르핀을 투여하기 때문이었다. 그런데 한 번은 내가 어쩌다 예고 없이 가는 바람에 통증과 싸우는 모습을 발견하고 말았다. 한 손은 침대 시트를 틀어쥐고 한 손은 가슴을 붙잡고 이가 부러질 지경으로 이를 악물며 고통과 싸우고 있었다. 그것은 김준호가 지금까지 살아온 고통을 한꺼번에 모아 보여 주는 것만 같았다. 차라리 죽는 편이 낫겠다는 윤태영의 말이 떠올랐다. 나도 "준호야, 차라리 죽고 말아"라고 속으로 한탄을 하며 도망치듯 병실에서 빠져나오고 말았다.

계절은 생명의 봄이 시작되고, 준호는 하루하루 죽어 갔다. 암세포가 준호 몸을 장악한 상태에서 인간의 육신은 아무것도 아니라는 걸 실감했다. 준호는 뼈만 앙상해진 몸으로 모르핀을 4시간 간격으로 맞으면서 아무 생각 없이 잠만 잤다. 평온하게 잠만 자는 준호는 이미 죽어 있는 거나 마찬가지였다. 차라리 보기에 편했다. 담당 의사는 "사실 진통제를 투여한 것은 환자보다도 환자 가족을 위한 것"이라고 했다. 환자 보호자의 고통을 덜어 주기 위한 것이라는 말이었다. 한 번은 우리가 들고 나는지조차 모른 채 잠만 자던 준호가 문득 생각났다는 듯이 고향 집을 들먹였다.

"우리 집, 내가 다시 세울 거야. 꼭."

"고향 집 말이야?"

"그래 우리 집, 우리 할아버지와 아버지가 태어나 살았던 집."

지금까지 단 한 번도 입에 올리지 않았던 고향 집이었다. 늘 약에 취해 눈이 반은 감긴 상태인 준호 눈빛이 다른 날과 달랐다. 이제 막 시원한 물에 씻고 나온 눈처럼 커다란 눈이 초롱초롱 빛이 났다. 뿐만 아니라 어떤 의지가 불타오른 듯했다. 윤태영이 나를 바라보며 고개를 갸웃했지만 나는 기사회생을 할지도 모른다는 기대를 갖고 부디 준호가 일어나 주기를 빌었다. 그 때 한 언론매체로부터 뜻밖의 이메일을 받았다.

"2015년 올해로 70주년 광복절이 다가오고 있습니다. 주지하다시피 광복절은 우리 민족에게 피맺힌 일제의 식민세월을 마감하고, 우리의 주권을 찾은 감격의 날입니다. 그러나 우리는 민족의 등에 창을 꽂은 친일파 인사들을 청산하지 못한 채 광복 70년이 지나가고 있습니다. 과거는 과거로 끝이 나고 만 것일까요? 그렇지 않다는 것을 자연이 해마다 가르쳐 주고 있습니다. 봄, 여름, 가을, 겨울, 이렇게 일 년이란 시간이 해마다 되풀이되는 것은, 다름 아닌 역사는 다시 되풀이된다는 사실을 말해 준 것입니다. 혹자는 그렇게 말합니다. 과거에 얽매이지 말고 미래를 생각해야 한다고. 맞습니다. 미래가 중요합니다. 그러나 미래도 결국 과거가 됩니다. 우리가 살아온 인류의 시간은 모두 미래였으니까요. 미래를 생각해야 하기 때문에 과거의 매듭을 풀어 주어야 하는 것입니다. 수레바퀴가 도는데,

걸림돌이 있다면 수레바퀴는 결국 망가지거나 멈추게 되니까요. 그 걸림돌이 무엇일까요? 우리 국민이 걸핏하면 둘로 분열하는 원인이 바로 거기에 있습니다. 정치적으로 분열하고 갈등할 때마다 '그것이 중심'이 되고 있습니다. 이 망국의 과거사를, 암덩이 같은 이 나쁜 원인을 극복하지 못하고서는 국민통합은 어렵다고 봅니다. 그래서 저희는 과거 친일행적을 한 친일파의 후손들을 찾아 다음과 같은 질문을 하기로 했습니다.

귀하의 조부께서 '친일진상규명위원회'가 발표한 명단(1,006명)에 들어 있습니다. 그리고 후손으로서 이 문제에 대해 어떻게 생각하시는지, 조부께서 과연 올바른 선택을 했다고 보시는지, 반대로 친일파 후손으로 살아오면서 그로 인하여 불이익을 받지는 않았는지, 비록 불이익은 받지 않았더라도 심적으로 고통을 겪지는 않았는지 등등에 대하여 묻기로 했습니다. 사실 후손에게는 잘못이 없습니다. 후손이 조상을 선택하는 것이 아니기 때문입니다. 우리는 한때 연좌제라는 것에 얽매여 후손들이 억울한 생애를 산 적이 있었습니다. 악법이었습니다. 그래서 훗날 폐지되기에 이르렀고 국민들이 쌍수를 들어 환영해마지 않았습니다. 그렇습니다. 윗대 어른께서 친일을 했다는 사실로 인하여 그 후손이 불이익을 당하는 일이 있어서는 안 됩니다. 다만 윗대 어른이 사죄를 하지 못했다면 후손으로서 대신하여 사죄를 하는 것이 윗대 어른과 국민에 대한 도리라고 봅니다. 자손은 조상의 입지에 따라 후광을 입게 마련입니다. 작든 크든 영광이든 설움이든……. 귀하께서도 마찬가지입니다. 조부께서 어떤 이유로든 친일을 했다면 후손으로서도 생각해 볼 바가 있고, 장차 우리나라 미래를 위하여 지금 어떤 행동과 사고를 해야 하는지를 생각해야 할 때라고 봅니다. 선생님의 답을 기다리겠습니다. 그리고 어떤 생각이시든지 선생님의 생각을 정중하게 받아들이겠습니다."

이메일 편지는 동생들에게도 왔다. 남동생들이 펄쩍 뛰었다.

"좌파 빨갱이 새끼들이 나중엔 별짓 다하는군."

"솔직히 할아버지가 친일을 했다하더라도, 우린 모른 일인데 그걸 우리가 왜 사죄를 해야 하냐구."

남동생 이겸, 이윤이 분노했다.

"함이 누나, 혹시라도 나서지 마세요. 아셨죠? 복이 너도."

겸이였다. 겸이는 장차 퇴직하면 고향에 내려가 할아버지의 대를 이어 고향 집을 잘 간수해 대대로 물려줄 거라고 계획하고 있는 인물이다.

"또 빨갱이 타령이야? 조상 대신 후손이 국민 앞에 사죄하라고 권하는 게 뭐가 잘못인데. 조상의 그늘이 자손에게 고스란히 드리우는 법이잖아."

막내 여동생 복이가 나섰다. 우리 가족은 생각이 두 갈래로 갈렸다. 엄격히 말해 합리와 비합리라고 해야 한다. 나와 복이는 합리주의를 주창하는가 하면 엄마와 남동생들은 무조건 자신들과 생각이 다르면 좌파, 빨갱이라는 말을 서슴지 않기 때문이다. 우리 가족은 선거 때마다 그런 문제로 첨예하게 대립했다. 한쪽이 이기고 지기 마련인 선거가 끝나고 나면 한동안 전화도 하지 않을 정도로 불편해졌다. 북한이 가족끼리 서로 사상을 감시한다는 말이 믿어졌다. 엄마가 중재자가 되어 주어야 할 텐데 오히려 그 중심에 있었다. 엄마는 선거 때마다 마치 나라를 누구에게 빼앗기는 위기에 놓인 것처럼 흥분했다.

"이 나라가 어떤 나란데 넘겨줘. 무슨 일이 있어도 빨갱이들에게 넘겨줄 순 없어."

"일제 때 앞장서서 나라를 내줬듯이, 해방되고 나서도 친일파들이 나라를 지킨다? 그런 궤변이 어딨어."

그럴 때마다 복이가 발끈하고 나섰다.

"이제 우리 가족들도 생각해 볼 바가 있지 않을까? 친일파 인명사전에 우리 할아버지 이름이 버젓이 있잖아. 우리 할아버지뿐이야. 한남동 할아버지에 외할아버지까지 줄줄이. 엄마부터 마음을 돌려야 한다구요."

복이가 노골적으로 문제를 제기하고 나섰다.

"방정맞기는 에미 앞에서 그 따위로 말하다니."

"복이 너도 빨갱이 물든 거야?"

"지 남편에게 세뇌된 거지 뭐."

엄마와 남동생들도 어김없이 복이를 공격하고 나섰다. 교수

부부인 복이 남편은 친일파에 대해 몸서리를 치는 인물이라 남동생들과 만나면 부딪쳤다.

"제발 그만들 해. 말도 안 되는 그 빨갱이 소리 말이야."

나도 결국엔 남동생들을 향해 소리를 높이고 말았다. 내가 이런 식으로 엄마와 남동생들 앞에서 화를 내는 건 처음이었다. 마치 심심풀이 땅콩처럼 함부로 내뱉는 빨갱이란 말을 더 이상 용납할 수 없었다. 준호를 알고부터 천형 같은 빨갱이란 말은 참을 수 없는 분노로 내게 입력된 탓이었다. 내가 나서자 모두 깜짝 놀란 표정이었다.

"함이 누나와 복이는 아무리 생각해도 우리 집 돌연변이야. 한 형제가 맞는지 의심스럽다니까. 정말 엄마가 낳은 거 맞아요?"

겸이가 엄마를 쳐다보며 물었다.

"나도 내 딸들을 이해할 수가 없구나. 특히 복이 너."

엄마는 나에게 놀랐으면서도 평소 만만하게 여기는 복이를 향해 핏대를 세웠다.

"국회에서 법을 새로 만들거나 고치면 국민들은 각자 자기 입장에서 환영하거나 반대하지. 친일도 따지고 보면 그런 거 아니겠어. 각자 자기입장에서 이익을 취하는 거."

작심한 듯 복이가 공격을 멈추지 않았다.

"협력자 없이 지배란 없는 법이지."

내친 김에 나도 거들었다.

"사실 친일 아무나 해. 고위 관료나 유명인사가 아니면 어떻게 힘을 발휘할 수 있느냐구."

복이는 계속 친일문제를 꼬집었다.

"한남동 할아버지는 우리 할아버지와 비교할 수 없는 고위직이었지만 작은집 사람들, 미친 개소리라면서 눈썹 하나 까딱하지 않아."

겸이가 한남동 할아버지네를 들먹거렸다. 그쪽에서도 자식들이 메일을 받아 본 모양이었다. 남동생 말대로 한남동 할아버지는 우리 할아버지와 비교할 수 없는 고위직에 있었으니 당연한 일이었다. 그리고 남동생들과 이 문제에 대해 이야기를 주고받으면서 메일을 보낸 언론사를 비웃은 모양이었다.

이 외에도 우리 가족은 친일문제를 놓고 여러 가지로 논쟁을 벌였다. 엄마와 남동생들, 그리고 복이와 나 3 대 2였다. 수적으로 복이와 내가 열세였지만 복이가 꿋꿋하게 밀어붙인 탓에 밀리지 않았다. 엄마가 복이와 나를 지적한 대로 우리 둘은 사고는 같지만 행동은 달랐다. 복이는 적극적인 표현주의자라면 나는 소극적인 내성주의자였다. 복이는 강경한 엄마와 남동생들 앞에서도 할 말을 하는 성격이었다. 그런 복이가 부러웠다.

선택

가져보지 못한 사람들은 가진 자의 안락함을 모른다. 음지에서 살아온 사람들은 양지의 따뜻함을 모른다. 나를 버린다는 것은, 세상으로부터 부러움을 사면서 여유만만하게 살 수 있는 권력과 기득권을 버린다는 것이다. 그것은 목숨을 버리는 것 이상의 고통인 탓에 그분 앞에 섰다. 감히 하얼빈 역 광장에 울려 퍼진 그 장렬했던 총소리를 다시 듣고 싶었다. 태어나 서른 해의 목숨, 일생일대 경축이라도 만난 듯이 하얀 수의를 입고 당당하게 사형을 기다리는 그 장렬한 최후를 상상하며 그분 앞에 섰다. 그랬더니 칠흑 같은 밤에 멀리 보인 불빛처럼 길이 하나 보였다.

— 안중근 선생 동상 앞에서

이메일을 읽고 난 다음부터 무언가가 점점 나를 향해 다가오는듯 했다. 마음이 자유롭지 못했다. 범법자들에게 양형을 읽어 내릴 때마다 내 양심의 소리를 피하지 못했다. 판사 임명을 받았을 때 김 씨 아저씨가 나에게 '하늘 같은 사람'이라고 했던 말이 다시 떠올랐다. '나는 과연 하늘 같은 사람인가?' 하는 물음이 시도 때도 없이 쳐들어오면서 범법자들에게 형량을 부과할 때면 그들에게 너무한 것 같았다. 할아버지가 자꾸 떠오른 탓이었다. 그들이 앉아 있는 자리에 할아버지가 앉아 있었다. 할아버지의 친일행위에 비하면 그들이 지은 죄는 아무 것도 아니었다. 살인 강도를 제외하고는, 아니 그런 것까지도 다 포함될 수밖에 없었다. 그렇더라도 그들이 지은 죄는 개인에 한정된 범위였다면 할아버지는 민족 전체였다. 태평양 전쟁터로 이제 막 쫑긋쫑긋 올라오는 오뉴월 소나무 새순 같은 청년들을 몰아낸 것, 농부들이 피땀 흘려 농사지어 놓은 알토란 같은 곡식을 공출했던 문제는 그 범위가 너무 넓고 깊었다. 더욱이 농민들은 8할이 소작농이었다. 그런데 엄마와 남동생들 생각처럼 우리 할아버지만 그랬던 게 아니라는 것, 당시 관료는 어쩔 수 없다는 것, 그래도 그래서는 안 된다는 양심의 소리가 싸우기 시작했다. 승자는 하루에도 수십 번 바뀌었고, 나는 이 문제를 재판하는 판사가 되어 가고 있었다.

그렇게 나를 상대로 싸우는 동안 광복 70주년이 다가오고 있었다. 그때 야당의 한 국회의원이 자기 할아버지가 조선총독부 중추원 자리에 있었고 친일을 했다면서 할아버지를 대신해 국민 앞에 무릎을 꿇고 사죄를 한 것이었다. 앞으로 몸을 낮추고 죄송하게 살아가겠으니 지켜봐 달라고 했다. 그의 사죄는 간절했으므로 진실성이 보인다는 여론이 돌았다. 그런 식의 사죄가 두세 명이 더 이어졌을 때 복이가 나에게 전화를 했다.

"언니, 우리도 무언가 해야 하지 않아?"

"무언가를?"

"내가 나설까? 그래도 될까?"

"아니, 넌 그냥 있어."

막상 복이가 나서려고 하자 두려웠다. 또 그런 무거운 짐을 맏이인 내가 막내인 복이에게 맡아 달라고 할 수는 없었다. 혼란한 가운데 시간만 흘러가는데 광복 70주년이 3일 앞으로 다가왔을 때 충격적인 뉴스가 나왔다. 일본대사관 앞에서 위안부 할머니들을 위한 수요 집회 도중 한 참가자가 "아베는 진심으로 사죄하라! 친일파들은 지금도 떵떵거리며 살고 독립유공자 후손들은 지금도 거리를 헤매고 있다."고 외치며 분신자살을 한 것이었다. 분신자살자는 독립유공자로 80세 고령의 최현열 선생이라고 아나운서가 전했다. 뉴스를 들으며 안타까워하고 있는데 그때 윤태영이 준호가 갑자기 상태가 나빠졌다며 급히 연락을 했다.

"마지막인 것 같아."

내가 병원에 들어서자마자 윤태영이 슬픈 얼굴로 말했다. 준호가 우리를 향해 눈을 떴다. TV에서는 한평생 피눈물 나도록 가난하게 살아온 최현열 선생의 생애와 선생이 남긴 유서를 공개하고 있었다. 가난은 준호네와 다를 게 없었고, 선생은 일본이 진심으로 사죄하는 것을 보고 죽으려고 80 평생 이 날까지 견뎌 왔는데 더 이상 인내할 힘이 남아 있지 않다고 했다. 더 이상 살 이유가 없어 차라리 목숨을 끊어 버리기로 했으며 마지막으로 일본에게 반드시 사죄하지 않으면 저승에 가서라도 용서하지 않겠다고 했다. 그런데 갑자기 준호가 입을 열었다.

"나도 한마디 보탤게. 일본이 우리 앞에 사죄하기 전에 먼저 친일파들이 우리 국민 앞에 사죄해야 한다는 것 잊지 마. 꼭 그래야 해."

준호는 마지막 힘을 다해 말을 마치고는 눈을 감았다. 뉴스에서는 최현열 선생이 이제 막 숨을 거두었다고 전했다. 공교롭게도 불행한 독립운동가 후손 두 사람이 거의 같은 시간에 세상을 떠난 것이었다. 나이로 따지면 최현열 선생은 준호 아버지뻘이었다.

"준호 덜 외롭겠지? 낯선 길, 그분과 함께 가게 되었으니."

"아버지 같은 분이니 그럴지도."

윤태영과 나는 그런 식으로 서로를 위로할 수밖에 없었다.

"준호 삶이 결국 이거였어!"

식어 가는 준호 손을 잡고 마음껏 울 겨를도 없이 영안실로 실려 가는 준호를 바라보며 윤태영이 소리쳤다. 소년가장 준호, 청년가장 준호, 연애를 할 줄도 할 형편도 못 됐던 청년 준호, 아무도 불러 주지 않는 스펙 없는 목사 준호의 모든 고통이 그렇게 끝나 버리고 말았다.

준호는 상주도 없이 장례를 치러야 했다. 준희와 준수는 좀처럼 연락이 닿지 않았다. 설사 연락이 닿는다 해도 귀국 여부는 알 수 없는 일이었다. 해외 선교사들은 부모상을 당해도 귀국하지 못하는 경우가 허다했다. 처음으로 준희에게 공부하는 길로 이끌었던 일이 후회가 되었다. 정말 맹세코 처음으로 후회가 되었다. 평화시장 미싱사가 됐더라면 전도사가 되지 않았을 것이고, 준희 말대로 돈을 벌면서 형제들과 함께 살았을 것이었다.

"그때 적극적으로 막는 건데 그랬어."

윤태영도 준희 준수가 해외 선교지로 나간다고 했을 때 막지 못한 것을 후회했다.

"장본인은 나야. 평화시장에서 미싱사가 되겠다는 걸 공부해야 된다고 이끌어 낸 사람이 나잖아."

"아, 아니야, 어차피 인생은 혼자 왔다 혼자 가는 거잖아. 부모 형제들이 한 집에 모여 제아무리 재미나게 어울려 살아도 갈 때는 준호처럼 혼자 가잖아. 그러니 우리 그만 자책하자."

결국 윤태영이 나를 달랬지만 우리는 서로 후회하면서 외롭고 쓸쓸한 준호를 화장해 용인에 있는 납골당에 안치해 주었다.

준호가 사라져 버린 세상은 고요했다. 연극이 끝나 버린 후의 무대 같았다. 윤태영과 나는 연극이 끝나 버린 극장에서 어떤 허무로 하여 일어서지 못한 채 앉아 있는 관객처럼 그렇게 시간이 흘러갔다. 그렇게 고요한 시간을 보내다가 우리는 준호가 고향 집을 세우겠다는 다짐을 생각했다.

"이 판, 죽음을 앞두고 집을 세우겠다는 다짐이 뭘 의미할까? 요한복음 2장 19절 말씀이 생각나기도 하고."

"예수님께서 '너희가 이 성전을 헐라, 내가 사흘 동안에 다시 일으키리라'는 말씀?"

"그래, 유대인들이 세운 성전은 장장 46년 동안 지었는데 그걸 헐라고 하시면서 3일 동안에 다시 일으켜 세우겠다고 하신 말씀. 물론 예수님 말씀은 예수님이 십자가에 못 박혀 죽임을 당한 후 3일 만에 부활한다는 의미였지만."

윤태영 말대로 죽음을 앞둔 처지에서 오랫동안 버려지다시피 한 고향 집을 다시 세우겠다는 것은 정신의 부활을 의미한다는 생각을 갖게 했다. 그것은 또 준호가 우리에게 부탁한 말 "일본이 한국에 사죄하기 전에 친일파들이 먼저 우리 국민들 앞에 사죄해야 한다."는 것과 일맥상통했다.

그런데 나는 준호의 유언에 공감하면서도 그 공감을 현실적으로 표현하지 못한 채 혼란 속으로 빠져들었다. 솔직히 말해 공감할수록 그 공감으로부터 멀어지고 싶었다. 머리로는 그래야 한다고 생각하면서도 마음은 다른 길을 가는 것이었다. 복이 말대로 무슨 일인가를 해야 한다는 생각이 들 때면 한편에서는 그럴 수 없다는 이기심이 마치 방패처럼 차단하고 나섰다. 나는 나와 싸우면서 어느덧 남산공원에 오르고 있었다. 내가 살고 있는 집은 남산을 등에 업고 있어 울적해지면 집을 나와 남산공원으로 갔다. 그때마다 공원에 세워져 있는 안중근 선생 동상과 만났다. 그리고 그때마다 사람들이 동상 앞에서 두 손을 모으고 고개를 숙이는 모습을 자주 목격했다. 나도 그들처럼 선생 동상 앞으로 나가 고개를 숙이고 싶었다. 그러면서도 감히 선생 앞에 고개를 숙일 자신이 없었다. 나중에는 그런 장면을 목격할 때면 눈길을 다른 곳으로 돌려 버리고 말았다.

"사람이 자기 눈으로 가장 보기 힘든 게 무엇인 줄 아느냐?"

언젠가 아버지가 나에게 그런 질문을 하시면서 '사람은 자신의 허물을 자신의 눈으로 보는 걸 가장 두려워하는 법'이라고 했다. 아버지의 말씀대로 나는 할아버지의 손녀로서 허물을 의식하고 있는 것이 분명했다. 그렇다면 선생과 어떤 대척점에 서 있는지도 모를 일이었다. 일제 이토 히로부미를 사살한 선생과 일제에게 협력한 우리 할아버지의 손녀인 나는 분명히 상반된 거리에 놓여 있었다. 그런 생각을 하면서도 나는 선생의 동상을 의식했고, 점점 가까이 다가갔다. 마치 자석에 이끌리듯 선생이 나를 끌어당기는 것 같기도 하고 내가 선생에게로 끌려가는 것 같기도 하다가 결국 선생에게 사로잡히고 말았다. 그리고 선생 앞에서 나를 송두리째 털어내는 독백이 시작되었다.

"이제 와서 청산이라니요. 이미 지나간 과거를 청산한다 하여 그게 무슨 의미가 있을까요?"

내 입에서 마치 물이 흐르듯 문제의 말이 흘러나왔다.

"그럼 나도 묻겠네. 법이 죄인에게 벌을 주는 이유는 뭔가? 죗값을 치른다 하여 이미 저질러 버린 일이 원상 복귀될 수 없는데."

선생은 반성하지 않는 역사는 다시 반복된다는 것을 말하고 있었다. 반성하지 않는 잘못이 다시 반복되는 것을 막는 것이, 법이 존재하는 목적 중 하나였다. 범법자에게 죄의 대가를 치르게 하는 것은 반복을 막기 위한 수단이 아니던가.

"세계 어느 나라든 식민지를 지배하는 수단은 무자비한 폭력이었네. 그리고 부역자들은 제 민족에게 그 무자비한 폭력을 대행해 준 가해자였지."

"그런데 그때 친일 안 한 사람 있으면 나와 보라고 하는 사람들도 있더군요. 그것도 당당하게 마치 항의하듯이, 친일은 총칼 앞에 어쩔 수 없이 행해진 민족의 비극이었다고, 그래서 친일을 한 사람들도 피해자라고 하면서 말입니다."

나는 내가 하고 싶은 말을 남들 핑계를 대면서 늘어놓았다.

"잘못도 시간이 너무 오래 흐르다 보면 그것이 당연한 것처럼 착각하게 되는 법 아닌가."

"착각하게 된다구요?"

"착각에 빠져 버리면 가짜가 진실 노릇을 하게 되는 수가 있네. 큰소릴 탕탕 쳐 가면서."

"그렇더라도 이제 와서 과거사 청산이라니요. 처벌할 수도 없는 일인데. 명예가 훼손된다고는 하지만 이미 다 누려 버린 명예인데, 이제 와서 훼손이 된들 고인들이 답답할 게 없는데 무슨 의미가 있을까요."

"공소시효를 말하고 싶은 모양인데. 그렇다면 모든 역사를 부인해도 되는지 묻지 않을 수 없군. 역사에는 공소시효가 있을 수 없네. 나라의 역사를 두고 공소시효를 운운하는 것은 역사 자체를 부인하는 일이니까. 이를 테면 내가 이토를 사살한 것도 부인할 수 있다는 말이네."

"친일을 부인한다는 것은 나라를 부인한다는 말과 같은 건가요?"

"또한 친일 권력이 해방 이후 그대로 이어져 왔다는 사실을 인정하는가?"

"인정합니다."

"해방 이후 계속 유지해 온 친일파들의 권력 특성이 곧 일제에게 배운 폭력성이었다는 것도 인정하는가?"

"일제에게 배운 폭력성이라니요?"

"일제에게 부역했던 친일경찰들이 해방 이후 고스란히 그 전례를 행사했다는 것, 독재 권력 아래 자행된 고문정치도 거기서 따온 것이었다는 사실을 아느냐고 물었네."

"아, 독재시대의 폭력성이라면 저도 알고 있어요."

무소불위 독재 권력과 그 아래 자행된 고문정치는 아버지가 가장 증오했던 문제였다. 고문은 식민지에서나 자행됐던 가장 포악하고 비인간적인 폭력이라면서 아버지는 치를 떨었다.

"그런데 한편으로는 이런 논리가 있어요. 독재든 뭐든 국민을 배부르게만 해 주면 된다는 생각, 열 명 죽여 백 명을 잘 살게 해 주면 문제 될 게 없다는 식의 논리 말입니다."

"오호라, 벤담의 공리주의. 최대 다수의 최대 행복론을 악용하는 말이군. 그거야말로 식민지를 지배하는 강대국들이나 악질 독재자들이 써먹은 가장 악랄한 생각이었지. 그런데 아직도 '그런 생각을 하는 사람들'이 존재한단 말인가!"

선생은 가슴을 치며 한탄하는 것 같았다.

"최대의 사회적 효용을 가져오는 행복을 중심으로 하는 밀의 공리주의라고 볼 수도 있지 않을까요."

나는 '그런 생각을 하는 사람들'의 논리를 대변하듯 말했다.

"그것 역시 폭력을 정당화하는 논리 아닌가."

선생은 슬픈 표정을 지으며 허공을 향해 심호흡을 펴냈다. 그리고 다시 작심한 듯 입을 열었다.

"인간의 고유한 자유와 주권을 박탈당하면서도 배만 부르게 해 주면 상관없다? 배부름을 그리워하며 모세를 원망한 출애굽기 이스라엘 민족처럼 배고픈 자유보다 배부른 노예가 났다는 건가?"

나는 묵묵부답이고, 선생은 잠시 숨을 고른 뒤 다시 말을 이었다.

"먹고사는 문제에 목숨 거는 건 동물세계이지 사람이 아니네. 인간에겐 그 누구도 침범할 수 없는 고유한 주권이 있고 그것은 먹는 것 위에 있기 때문이지. 그런데 그 고유한 주권을 먹는 것과 바꾸게 되면 인간은 노예가 되는 것 아닌가. 인간이 어찌 빵과 주권을 바꿀 수 있단 말인가. 그렇다면 나도 이토를 죽이지 않았을 거네."

선생은 모세의 출애굽기를 통해 인간의 주권문제를 거론했다. 이방의 나라 애굽 땅에서 장장 400년 동안이나 대대로 노예생활을 하는 이스라엘 민족을 모세가 조상의 땅 가나안으로 인도하는 출애굽기는 자유나 주권보다 굶는 것을 더 두려워한 현실을 보여준 이야기다. 그때 가나안으로 가는 도중 광야에서 먹을 것이 없어 굶주림에 시달리게 되자 애굽 땅에서 바로 왕의 채찍 아래 노예생활을 할 때는 적어도 배불리 먹고 살 수 있었다며 모세를 원망하는 사건이었다. 먹고사는 문제에 목숨 거는 건 동물이지 사람이 아니라는 것, 인간에겐 고유한 주권이 있고 그걸 잃으면 노예에 다름 아니라는 것은 법의 정의였으므로 법을 공부한 나야말로 어느 누구 못지않게 잘 알고 있었다. 그래서 선생 말씀에 적극 공감하면서도 과거사 청산문제에 대해서는 좀처럼 생각이 정리되지 않았다.

"그렇더라도 해방된 지 70년을 넘어 백 년을 향해 가고 있는데 이제 와서……."

나는 자꾸 '이제 와서'를 반복했다.

"70년이 70번을 넘어도, 백 년이 백 번을 넘어도 해결해야 할 일은 해결해야 하네. 잘못된 과거는 미래의 암초가 되는 법이니까. 암초는 순탄한 항해를 방해하게 마련이니까."

나는 대답도 질문도 하지 못했다. 지당하신 말씀이라 할 말이 없었다.

"일본이 우리를 보면서 속으로 웃고 있다는 걸 알아야 하네."

"그들이 우리를 보고 웃다니요?"

"현지인의 적극적인 도움 없이는 남의 나라를 지배할 수 없는 것 아닌가."

선생은 내 동생 복이와 똑같은 말을 했다. 복이도 늘 그런 말을 강조해 왔고, 그럴 때마다 엄마와 남동생들과 언쟁이 벌어졌다.

"우리가 우리에게 사죄하지 않으면서 일본에게만 사죄를 하라고 요구하는 건 어불성설이라는 말이네."

96

이번에는 준호가 남긴 말과 똑같은 말을 했다.

"아, 그 말은 제가 사랑했던 사람, 늘 연민했던 사람 김준호 목사가 최후에 남기고 간 말이에요. 일본이 우리에게 사죄하기를 바라기 전에 우리가 우리에게 먼저 사죄하는 것이 더 급하다는 말을 남기고 하늘나라로 떠난 사람이 있어요."

"그럼 그가 한 말에 공감하는가?"

나는 또다시 말이 막히고 말았다. 공감한다고 하면 행위가 따라야 할 것이었다. 그렇다고 공감하지 못한다고 할 수도 없었다.

"주위를 조금만 둘러봐도, 고치지 못한 나쁜 버릇처럼, 지금도 버젓이 친일에서 얻은 권력이 제 후손에게 이모저모로 세습되고 있다는 걸 알 수 있을 것이네."

"그럼 어떻게 해야 할까요?"

"나누어야지. 권력을 독점하여 지속하려고 할 게 아니라 나누어야 한다는 말이네. 권력도 지구처럼 돌면서 사계절을 만들어야 따뜻한 나라, 좋은 나라가 되는 법이니까."

서양 속담에 구르는 돌에는 이끼가 끼지 않는다는 말이 떠올랐다. 권력도 구르는 돌처럼 굴러가야 이끼가 끼지 않는다는 말이었다.

"남의 땅도 오래 소작을 하다 보면 자기 땅으로 착각하듯이, 권력도 세습되거나 어떤 특정 집단이 계속 독점하다 보면 죽어도 내놓기 싫어지게 마련이지. 꼭 빼앗긴 것만 같아서."

꼭 빼앗긴 것 같다는 말에 공감했다. 어떤 모양으로든 윗대로부터 권력이 세습된 사람들이나 오래도록 권력을 잡은 집단은 선거 때만 되면 '정권을 빼앗길 수 없다'는 말을 입버릇처럼 하는 걸 수없이 들어 왔기 때문이었다.

선생의 동상 앞에서 나의 독백은 그쯤에서 끝났다. 그리고 준호가 남긴 유언 "일본이 우리에게 사죄하기 전에 우리가 우리에게 먼저 사죄해야 한다"는 당부를 실천에 옮기기로 마음먹었다. 먼저 옷을 벗기로 했다. 내가 판사가 되어 세상 문제를 판결하는 것은 거기까지라는 판단 때문이었다. 늦었지만, 늦어도 너무 늦었지만, 이제부터라도 나의 할아버지를 판결해야 하는 판사가 되기로 했다. 사표를 법원에 제출하면서 준호가 죽음을 앞두고 고향 집을 새로 세우겠다는 다짐과 자기 할아버지와 아버지의 정신을 이 땅에 다시 세우겠다는 말을 생각했다. 그리고 준호와 반대로 나는 우리 고향 집을 해체하기로 마음먹었다. 준호가 고향 집을 새로 세우려고 한 것은 자기 할아버지의 자랑스러운 정신을 세우려는 것이었다면, 나는 우리 고향 집을 해체하여 우리 할아버지의 부끄러운 과거를 지워야 할 것이었다.

불꽃 속으로

법을 배우던 시절 우리는 우리의 뼈를 정의로 갈아 끼워야 했다. 나중에 버리더라도 그때는 그래야 했다. 우리는 앉으나 서나 "정의란 사회나 공동체를 위한 옳고 바른 도리이다. 정의란 바른 의의다."라고 외웠다. 머리로 외우는 것이 아니라 가슴으로 외워야 한다고 배웠다. 가르치는 사람들이 가슴으로 외워야 한다고 누누이 강조했지만 어디로 외우든 그것은 각자 자유였다. 그리고 버리는 것도 각자 자유였다. 가르치는 사람들도 가르치고는 대부분 버렸다. 버려진 정의가 길바닥에서 발밑에 밟혔다. 밟히다가 대부분 죽었다. 준호도 길바닥에 구르다 발밑에 밟혀 죽고 말았다.

— 준호 납골당에서

우리 집은 백 년 나이를 먹었는데도 새집 같았다. 아저씨가 관리를 잘한 탓이기도 하지만 할아버지가 생전에 분신처럼 아낀 탓이었다. 안채부터 사랑채까지 둥근 기둥이 옛날 그대로 있다는 것도 새삼스러웠다. 할아버지는 집을 수리할 때 기존 네모기둥을 둥근 기둥으로 바꾸었다. 내가 초등학교 3학년 때쯤 어느 날 거대한 소나무가 집 안으로 실려 들어왔고, 뒤뜰에서 인부들에 의해 연일 뚝딱거리는 소리와 대패질 소리가 어우러졌다. 엄마는 그게 우리나라에서 제일 유명한 충청남도 안면도의 붉은 조선 솔, 안면송인데 경복궁을 지을 때 사용한 소나무라고 했다. 엄연히 불법임에도 할아버지는 능히 그것을 가져올 수 있다고 자랑스럽게 말했다. 그때 나는 열 살이었고 지금 57세이니 안면송은 50여 년에 다다른 것이었다. 그럼에도 아직 붉은 기운을 띠고 있었다. 둥근기둥은 사각기둥보다 더 튼튼해 보이기도 하지만 대궐이나 사찰 등에 세운 기둥이라 웅장해 보이는 것이 특징이다.

엄마도 할아버지처럼 집을 몸처럼 아끼면서 조상들이 살아온 집터가 좋아 윗대부터 관직에 앉아 사람구실을 하는 거라고 쉼 없이 읊었다.

"용머리가 둘이나 겹친 자리라고 하시더라. 용이 하나도 어려운데 쌍용인 거야."

할아버지 사랑채 대청마루에서 바라보면 경기 이천에서 가장 높은 원적산이 똑바로 보이고 최고봉 천덕봉이 용처럼 보였다. 산은 보는 방향에 따라 다소 차이가 있게 마련인데 할아버지 사랑채에서 보면 산은 동편에서 뻗어 남쪽으로 둥글게 이어지면서 용머리가 겹쳐 보였다. 할아버지는 우리 집터와 산봉우리가 딱 맞아떨어지는 명당이라면서 자손이 대대로 관직을 이어 갈 것으로 믿었다. 할아버지는 풍수지리에 예민했다. 마을사람들도 집을 지을 때나 이사를 할 때, 사람이 죽어 산소를 정할 때 할아버지를 찾아와 자문을 구할 정도였다. 나도 몇 가지 얻어 들은 게 있었다.

천지의 생기가 땅을 통해 인간에게 미치고, 묏자리와 집터의 지맥은 인간의 혈맥과 똑같은 것이었다. 집터를 양택陽宅풍수라 하고, 묏자리를 음택陰宅풍수라고 했다. 집터나 묏자리를 잘 택하면 자손이 잘되고, 이 둘을 잘못 택하면 자손이 잘 되지 못한다고 했다. 집터나 묏자리를 볼 때 중요한 것이 간용법看龍法이었다. 용은 산의 형상과 시작과 끝, 높낮이 등, 산의 형세를 말해 준 것인데 산 모양이 용이 꿈틀거린 것처럼 보인다 하여 붙여진 말이다. 용의 흐름이 부드럽고 균형이 잘 잡히고 웅장하면서 전체적인 조화가 잘 이루어져 있어야 명당이다. 간용법에는 열두 가지 격이 있고 좋은 용은 생룡生龍, 강룡强龍, 순룡順龍, 진룡進龍, 복룡福龍 등 다섯 가지라면, 나머지 사룡死龍, 약룡弱龍, 퇴룡退龍, 역룡逆龍, 병룡病龍, 겁룡劫龍, 살룡殺龍 등 일곱 개 용은 흉용이다. 할아버지는 이것들을 먹물로 그려 놓았는데, 길한 용은 산이 모두 높은 것과 결이 곱게 한길로 가 지런하게 흐르는 공통점이 있었다. 흉용은 결이 불규칙하게 흩어져 있을 뿐만 아니라 거칠고 날카로웠다. 그중에 가장 나쁜 용은 겁룡과 살룡이었다.

모르긴 해도 원적산은 이 모든 것을 충족하고 있는 듯했다. 할아버지는 가끔 서울에서 아파트를 살 때도 산을 보고 골라야 한다고 일렀다. 서울 사람들은 강변에 위치한 집을 웃돈 주고 사는데, 그게 아니라고 했다. 물이 흘러 들어올 때는 좋은 것을 가져오고 흘러 나갈 때는 나쁜 것을 씻어 내려가긴 하지만 물이란 좋은 것과 나쁜 것을 함께 가져오기도 하고 함께 씻어 내릴 수도 있어 반드시 좋은 것만이 아니라는 것이다. 그런데 산은 안으로 깊이 품는 법이라고 했다. 산이 무너지지 않는 한 그럴 것이었다. 할아버지 말씀 탓인지 나는 무의식적으로 집을 살 때 강이 아닌 산을 중심으로 사게 되었다. 산 중에서도 서울 중심에 자리 잡고 있는 남산을 위주로 샀다.

"너희 할아버지가 집을 분신으로 여겼던 것은 너희들 장래 때문이었다. 그러니 너희들도 할아버지의 뜻을 잘 받들어 집을 소중히 해야 한다."

엄마는 집을 할아버지의 정신으로 우러르면서 할아버지의 유지를 받드는 것처럼 늘 그렇게 말했다.

마당을 지나 꽃밭이 있는 뒤뜰로 갔다. 아저씨의 보살핌으로 뒤뜰 꽃밭도 옛날 그대로였다. 접시꽃, 백합, 장미, 다알리아, 해바라기 등등 수십 가지 꽃이 제각각 때를 따라 피었다.

"지금은 세상이 변해서인지 뜬금없이 꽃이 핀다네."

아저씨가 활짝 핀 접시꽃을 가리키며 어이없다는 듯이 말했다. 생각해 보니 맞는 말이었다. 접시꽃은 한여름에 피는 꽃이었다. 어릴 때 꽃밭에서 한 살 아래인 사촌 여동생 순과 함께 놀았다. 순과 함께 여름이면 접시꽃잎을 따 콧등에 붙이고 나비 흉내를 냈다. 접시꽃은 빨간 것, 하얀 것, 분홍, 세 가지로 피었다. 나는 언제나 빨간 것이나 분홍 꽃잎을 붙이고 순은 언제나 하얀 꽃잎을 붙였다. 순은 할아버지 작은댁이 낳은 아들의 딸이었다. 순은 이름처럼 순하고 착했지만 엄마는 순을 미워했다. 작은할머니가 백여우이기 때문에 작은할머니 자식들도 백여우라는 것이었다. 그래서 접시꽃잎을 코에 붙일 때도 털이 하얀 백여우처럼 하얀 것을 붙인다고 했다. 순이 하얀 접시꽃을 붙인 것은 내가 빨간 것과 분홍을 선점한 탓이었다. 순은 빨간 것이나 분홍을 붙이고 싶어도 감히 손을 댈 수가 없었다. 나는 순을 미워하지는 않았지만 언제나 내 권한을 침범하지 못하도록 선을 그었다. 순에게 누명을 씌운 적도 있었다.

어느 날 할아버지가 무척 아끼는 벼루를 떨어뜨려 깬 적이 있었다. 할아버지는 나와 순에게 종종 먹 갈기를 시켰다. 먹을 가는 시간은 생각하는 시간이라고 하시면서 어려서부터 생각하는 습관을 길러야 한다는 것이었다. 할아버지 말씀대로 먹을 갈 때는 손놀림을 빨리 할 수가 없었다. 둥글게 원을 그리며 갈아야 하는 탓에 자연히 어떤 생각에 빠지기 마련이었다. 진한 농묵으로 갈 때는 시간이 두세 배나 더 걸려 생각하는 시간도 그만큼 더 길어졌다. 먹을 갈고 난 다음 보관할 때마다 나무 상자에 넣어 문갑에 넣어야 했다. 내가 먹을 갈 차례가 되었을 때, 문갑에 넣다 그만 벼루 상자를 떨어뜨려 깨고 말았다. 그때 잠시 할아버지는 밖에서 바람을 쏘이고 들어오셨는데 나는 순이 깼다고 거짓말을 했다. 증조할아버지 때 중국 사람으로부터 선물 받은 것이라며 할아버지가 무척 아끼던 것이었다. 할아버지는 화를 내지 않았다. 엄마는 할아버지가 화를 내지 않는 것은 순이 할아버지의 사랑을 빼앗은 탓이라고 흥분했다. 나는 그렇게 생각하지 않았다. 할아버지는 나를 순보다 더 아낀다는 믿음이 있었다. 할아버지는 언제나 내 편이며 나만을 위한다고 생각한 것은 결코 착각이 아니었다.

할아버지는 내가 초등학교에 입학하는 날부터 나를 학교에 데려다 주고 오후에 데리러 오셨다. 하얀 두루마기를 바람에 펄럭이면서 머리엔 밤색 중절모를 쓰고 내 손을 잡고 학교 정문까지 데려다 주시고, 학교가 끝날 시간이 되면 다시 학교 정문에서 기다렸다. 초등학교 2학년까지 그렇게 했다. 학교 선생님들도 할아버지께 허리를 굽혀 인사를 했다. 나는 의기양양하게 할아버지 손을 잡고 학교를 오갔다. 유명한 안데르센 동화책을 다른 아이들보다 먼저 읽을 수 있는 것도 할아버지의 덕택이었다. 할아버지는 새로 나온 동화책을 모조리 사들여 나에게 읽게 했고, 우리나라 전래동화를 밤마다 이야기해 주셨다. 할아버지가 이야기해 주신 전래동화는 주로 충효에 대한 것이거나 어렵게 공부한 선비들의 형설지공 같은 이야기임에도 나는 무척 흥미를 느꼈다.

책을 많이 읽고 할아버지로부터 이야기를 많이 들은 탓인지, 나는 초등학교 2학년부터 일기를 쓰기 시작했다. 선생님은 내가 쓴 것이라고 믿지 않았다. 그럴 때마다 할아버지가 나를 칭찬했다. 순도 글을 잘 썼지만 할아버지는 언제나 나를 칭찬할 뿐, 내놓고 순을 칭찬하지 않았다. 그럼에도 엄마는 순을 나의 경쟁자로 몰며 경계했다.

"백여우들이 할아버지의 사랑을 빼앗아가지 못하게 무엇이든 순이보다 잘해야 한다."

순은 아무리 봐도 백여우는 아니었다. 얼굴은 동그랗고 윤곽이 뚜렷하게 잘생겼었다. 눈은 쌍꺼풀이 지고 도톰한 입술은 앵두처럼 붉었다. 나는 얼굴이 갸름하고 쌍꺼풀도 없고 몸은 말랐다. 나는 걸핏하면 감기에 잘 걸리고 순은 언제나 건강했다. 우리는 같은 초등학교에 다녔다. 나는 노래를 잘한다는 말을 들었다. 순도 노래를 잘했다. 나는 학교에서 전속으로 뽑혀 방송실에서 노래를 불렀다. 운동장으로 내 노래가 울려 퍼졌다. 그런 일로 나는 학교에서 우상이 되었다. 순의 노래도 나오기 시작했다. 선생님과 아이들이 순에게도 칭찬을 했다. 그때부터 나도 순이 경계가 되었다. 엄마처럼 순이 미워지기 시작했다.

지금 순을 만난다면 사과하고 싶다. 아니 찾아가서라도 사과하고 싶다. 그때 우리가 갑이라면 그들은 을도 못 된 병이었고, 우리가 힘이 센 오른팔이라면 그들은 힘이 약한 왼팔이었기 때문이다. 내가 느끼기에 아버지는 그들을 미워하지 않았다. 내가 초등학교 때 작은아버지가 아팠다. 서울에 있는 대학병원에 다녀올 때마다 우리 집에 들렀다. 그때 가족들이 모두 모였는데, 작은아버지가 당뇨라고 했다. 당뇨병이 어떤 병인지 알지 못했지만 아버지가 '미국 어느 병원으로 인슐린을 주문'한다는 것으로 봐 중병이라는 걸 짐작할 수 있었다. 자꾸 말라가는 작은아버지는 결국 죽고 말았는데 아버지는 작은아버지가 죽고 난 후 작은아버지 이름을 부르며 "현이 너도 가엾기 짝이 없구나."라며 혼잣말을 하는 것이었다. 서자라는 이름으로 설움 받은 걸 한탄한 것이었다. 내가 생각해도 서자나 적자나 인간이 태어난 것은 똑같은 이치일 뿐이었다. 신분이란 사람이 만들어 놓은 제도에 불과했다. 아버지도 지금의 내 마음 같았다는 걸 이제 이해할 수 있을 것 같다.

할아버지는 작은댁 소생인 아들을 많이 사랑했던 것이 사실이다. 작은댁 아들로 태어난 것이 가여우니 재산이라도 많이 주어야 한다는 것이었다. 반포 일대가 논이었을 때, 수천 평 논을 떼어 주고도 모자라 제주도 마장을 물려주었다. 작은아버지의 자식들은 우리보다 두 사람이 더 많은 6형제인데 그들은 할아버지가 물려준 부동산으로 주로 사업을 하면서 풍족하게 사는 것으로 알고 있다. 그나마 엄마의 위안이 되는 것은, 우리 형제들과 달리 작은댁 소생들 가운데 단 한 사람도 고위층 관료나 판사나, 의사, 교수 등 엘리트 급이 없다는 것이다.

우리 집 꽃밭에도 나비가 날았다. 그런데 문득 우리 집 나비와 준호네 집 나비가 다르다는 생각이 들었다. 우리 집이나 준호네 집이나 비어 있기는 마찬가지인데 우리 집 나비들은 그냥 예쁜 곤충일 뿐이었다. 우리 집 나비들도 내 옷자락이며 손등을 스쳤지만 별다른 느낌이 느껴지지 않았다. 대신 사촌 여동생 순을 떠올렸다. 내 앞에서 늘 기가 죽어 있었던 순은 나비처럼 말이 없었다. 순뿐만 아니었다. 나에게 작은아버지인 순의 아버지도 말이 없기는 마찬가지였다. 할아버지 말씀대로 그들은 가엾은 사람들이었다. 우리 집의 나비는 그 정도밖에 은유할 것이 없었다. 그런 생각에 젖어 있는데 이번에도 불쑥 남자가 나타났다.

"여긴 또 웬일이야?"

나보다 아저씨가 깜짝 놀랐다. 달갑지 않다는 표정이었다.

"집 크다! 처음 들어와 봤어요."

"처음은 무슨 처음이야. 어서 나가."

남자는 우리 집에 처음 들어온 것처럼 놀라고, 아저씨는 처음이 아니라는 식으로 말했다. 처음이든 아니든 남자는 우리 집에 무척 오랜만에 와 본 모양이었다. 남자는 우리 집을 보고 놀라면서도 정작 집에는 관심이 없었다.

"여기도 나비가 많긴 한데, 이 나비들은 그 나비들과 다르지."

아저씨는 당황한 표정으로 남자를 몰아내려고 애썼지만 남자는 아랑곳하지 않았다.

"어허, 어서 나가래두."

아저씨는 급기야 나가라고 명령했지만 남자는 여전히 들은 척 마는 척하면서 나비들을 향해 묘한 표정을 지었다. 얼굴 양 미간을 찡그리며 슬픔에 젖는가 하면 무엇인가를 비웃는 것처럼 조소를 흘리기도 했다. 남자는 자꾸 나비를 향해 팔을 뻗치고 나는 남자의 팔목에 끼워져 있는 나비 팔찌를 보았다. 매듭으로 된 밤색 끈에 매듭으로 만든 하얀 나비였다. 나, 윤태영, 준호가 낀 것과 똑같은 것이었다. 순간, 남자와 무슨 말인가 해 보고 싶은 충동이 솟구쳐 올랐다.

"준호네 집 나비와 우리 집 나비가 어떻게 다른가요?"

"뭐해, 어서 나가라니까."

아저씨가 내 말을 무시하면서까지 남자를 독촉했다. 아저씨가 내 말을 무시하는 건 지금까지 단 한 번도 없었던 일이었다. 남자의 입을 막으려고 하는 아저씨의 행동이 이상하다는 생각이 들었다.

"자네, 오늘 서울로 올라갈 건가?"

아저씨는 재빨리 다른 말을 했다.

"아니요. 며칠 쉴까 해요."

"그러면 방에 불이라도 넣어야겠어."

"날씨가 따뜻한데 뭘요."

"낮엔 따뜻해도 밤엔 추워지거든."

"그럼 사랑채에 넣어 주세요."

나는 대답을 하면서도 남자를 주시했다.

"우리 할아버지가 돌아가시기 전에 다 말해 주었거든. 슬픈 나비 이야기."

남자는 이번에도 알 수 없는 말을 되풀이하면서 야릇한 미소를 지어 보이고는 집 밖으로 사라졌다.

"사랑채에서 자려고?"

아저씨는 안방에서 자지 않고 사랑채에서 자겠다는 말에 뜻밖이라는 표정을 지었다. 아저씨에게 남자가 한 말이 무슨 뜻인지 묻고 싶었지만 아저씨는 기회를 주지 않으려는 눈치였다. 그만 포기하고 말았다.

"오랜만에 할아버지 방에서 자고 싶어서요."

"하긴 어르신께서 자네를 유별나게도 아끼셨지. 천하에 당신만 손녀딸 가진 줄 아셨으니까. 자네 초등학교 다닐 때 학교에 데려다 주느라 손녀딸 손을 꼭 잡고 걸어가는 모습이라든지, 식사를 하실 때마다 옆에 앉혀 놓고 생선뼈를 발라 먹여 주시던 모습이 꼭 엊그제처럼 선하구만. 그뿐인 줄 아는가. 손녀딸을 위해 꽃을 심으라고 나에게 당부하신 것도 모자라 손수 어디선가 꽃을 구해 오기도 하셨지."

"그런 말 처음 들어요."

나를 위해 꽃을 심으라고 했다는 것과 할아버지께서 손수 꽃을 구해 오셨다는 건 처음 듣는 말이었다.

"자네가 태어나기 전에는 뒤뜰이 채소밭이었고, 꽃이 있어봐야 가장자리에나 있을 뿐이었지. 그런데 자네 첫돌 잔치를 하고 나자 느닷없이 꽃밭을 만들라고 하시지 뭔가. 집 안에 꽃밭을 만들면 자손들이 세상 사람들로부터 꽃처럼 찬사를 받는다는 말이 있기는 하지만."

아저씨 말대로 할아버지는 나에게 지극정성이었다. 엄마는 내 위로 손자를 두 명이나 잃은 탓이라고 했지만, 남자가 가문을 잇는 호주제를 가문의 철칙으로 삼는 할아버지가 여자로 태어난 나를 그토록 아낀 것은 성차별을 하지 않았다고 할 수 있었다. 집 안에 꽃을 심으면 꽃처럼 찬사를 받는다는 말이 있다는 아저씨 말대로 할아버지의 후광은 늘 따뜻하고 평화로웠다. 우리 군내에서 어딜 가든지 할아버지 이름만 대면 금세 사람들의 말씨와 태도가 바뀌었다. 두 손을 모으고 머리를 조아리며 깍듯이 인사를 할 때마다 마치 우리 집 뒤뜰 꽃밭에서 꽃을 바라볼 때처럼 행복했다. 한마디로 권력의 향기는 참 좋았다. 내가 누린 모든 것은 할아버지가 누린 권력에서 우러나오는 것이었다. 나는 겨울을 제외하고는 꽃밭에서 놀기를 좋아

하고, 언젠가 할아버지가 꽃밭으로 오셔서 "이런 것들이 그리도 좋은 게냐?"라고 물으셨다. 나는 그때 할아버지의 행복한 표정을 보았다.

그때 행복해하시던 할아버지를 생각하면서 사랑채에서 하룻밤을 잤다. 그리고 다음 날 사랑채 마루에 앉아 대문을 유심히 바라보면서 일제에게 대문을 빼앗긴 준호네 집을 떠올렸다. 문득 준호네 집 대문을 새로운 나무로 세워 주는 것이 아니라, 우리 집 대문이 준호네 집으로 옮겨 가야 옳다는 생각이 들었다. 일제가 떼어 낸 것을 우리 집 걸로 달아 주면 뭔가 털끝만큼이라도 보상이 될지도 모를 일이었다. 그런 생각을 하면서 아저씨를 향해 입을 열었다.

"우리 대문 떼어다 준호네 집에 달아 줘야겠어요."

"그게 무슨 소린가?"

아저씨가 어리둥절했다.

"그렇게 좀 해 주세요."

"멀쩡한 대문을 떼어다 남의 집에 달아 주라니? 지금 제정신으로 하는 소리야?"

아저씨는 놀란 나머지 나에게 옛날처럼 해라체 반말을 했다.

"그럼요. 지금까지 살아오면서 지금처럼 정신이 맑았던 적 없었어요. 재판을 하면서도 없었을 정도로."

나는 유신시대에 아버지가 한남동 할아버지 앞에서 했던 말을 그대로 했다. 그때 아버지는 학교에 사표를 냈고, 한남동 할아버지는 정신이 있는 거냐고 호통을 쳤다.

"무슨 뜻인지 모르지만 자당께서 아시면 기절초풍하실 일이네."

아저씨와 밀고 당기기를 하느라 하루를 보내고 말았다. 다음 날까지도 아저씨는 내 말을 이해하지 못했다.

"우리 집 대문은 우리나라에서 제일 좋은 목재를 골라 달 생각이에요. 이제 이해가 되시죠?"

"그렇더라도 일을 이렇게 급작스럽게 하는 법이 어디 있나. 그도 그렇지만 오래된 고택 대문은 함부로 떼고 붙이는 게 아니네. 설사 교체한다고 하더라도 자당 어른께 허락을 받는 게 순서 아닌가. 뒷감당을 어찌 하려고."

아저씨의 말은 구구절절 옳은 말이었다.

"저 이 집 맏이고, 저도 이제 그만한 일 판단하고 결정할 나이가 되었다고 생각해요."

아저씨는 한참 동안 하늘을 응시하더니 고개를 끄떡였다.

"알았네. 우리나라에서 제일 좋은 것으로 바꾼다는 데야……. 어르신께서 당신 몸처럼 아끼셨던 집이니 아마도 기뻐하시겠지."

나는 우리 대문을 세상에서 가장 좋은 나무로 교체한다는 말로 아저씨를 겨우 설득시켰다. 내 말은 거짓이 아니었다. 우리 집을 해체하려고 한 것은, 비유할 바는 아니지만 예수님의 부활을 의미하는 말씀 "너희가 이 성전을 헐라, 내가 사흘 동안에 다시 일으키리라"는 신약성경 요한복음 2장 19절 말씀처럼 우리 가문을 새로 태어나게 하려는 시도에 다름 아니기 때문이다.

아저씨는 요즘엔 사람 구하기가 하늘의 별 따기라면서 사흘이나 지난 다음에야 일꾼들을 구해 왔다. 대문을 분리하기 위해 세 명의 일꾼들이 대문 앞에 섰다.

"멀쩡한 대문을 왜 뜯어내지? 이런 적송은 돈 주고도 못 구하는 것인데."

"열고 닫기가 좀 무거워야지. 요즘에는 가벼운 게 제일이잖아."

"맞아, 가벼운 걸로 달려고 그러겠지 뭐."

일꾼들이 한마디씩을 하면서 대문을 움직이기 시작했다. 그들 말대로 우리 집 대문은 1985년 할아버지가 새로 교체한 것이었다. 할아버지는 대문을 교체하고 두 달 만에 돌아가시고 말았다. 그때 엄마와 김 씨 아저씨가 대문을 새로 교체하고 제대로 사용해 보지도 못하고 돌아가셨다고 안타까워했던 일이 떠올라 가슴이 몹시 쓰라렸다. 일꾼들의 손놀림이 빨라지면서 우지끈하는 소리가 마당을 울렸다. 할아버지의 척추가 분리되는 듯했다. 가끔 장죽을 물고 먼 산을 바라보시던 할아버지 얼굴이 허공 가득 어른거렸다. 나는 이를 악물고 할아버지를 향해 중얼거렸다.

"할아버지, 훌륭한 대문으로 교체해 드릴게요. 더 좋은 걸로 갈아 끼우기 위해 우린 아파야 해요."

대문은 마치 오래된 성이 무너지듯 우지끈 소리를 수십 번 낸 다음에야 자리에서 떨어져 나왔다. 일꾼들이 서둘러 대문을 트럭에 싣고 준호네 집으로 가 버렸다.

나는 대문이 사라져 버린 공간에서 눈을 떼지 못했다. 새로운 하늘과 바람이 빈 공간을 통해 자유롭게 펼쳐졌다. 그리고 남자가 소리 없이 들어섰다. 나는 기다렸다는 듯이 남자를 반갑게 바라보았다. 엊그제 그가 했던 말, 자기 할아버지가 해 주었다는 말이 무엇인지 물어보고 싶었다.

"아저씨의 할아버지께서 해 주셨다는 말씀, 그게 무슨 뜻이죠?"

남자가 주춤하더니 주변을 두리번거렸다. 김 씨 아저씨를 찾는 눈치였다.

"아저씨, 하리에 가셨어요."

아저씨가 안 계신다고 말을 했는데도 남자는 쉽사리 안심하지 못했다. 주변을 자꾸 두리번거리면서 고개를 살래살래 흔들었다.

"왜 그러시죠?"

"우리 할아버지가 무덤에 갈 때까지 절대로 입을 벌리면 안 된다고 했거든. 낮말은 새가 듣고 밤말은 쥐가 듣는다고 하셨거든."

"그럼 하나만 물어볼 게요. 불 지를 집이 따로 있다고 했는데 그 집, 어느 집이죠?"

"그건……, 나비가 다른 집이지. 슬픈 나비가 사는 집 말고, 기쁜 나비가 사는 집."

"기쁜 나비가 사는 집이라구요? 사실 세상 모든 나비는 다 기쁜 나비잖아요."

"아니, 아니, 이건 슬픈 나비지."

남자는 왼팔을 하늘로 번쩍 치켜들며 나비 팔찌를 보여 주었다. 나는 유심히 남자의 나비 팔찌를 바라보았다. 하얀 매듭으로 만든 나비가 허공을 향해 날갯짓을 하는 것처럼 보였다.

"할아버지가 무덤에 갈 때까지 입을 열지 말라고 했거든. 함부로 입을 열면 죽는 수가 있다고 했거든."

남자는 말을 할 때마다 어미를 '거든'과 '이지'를 붙여 짧게 말했다. 단순한 것 같은데 결코 단순한 사람이 아니었다. 무덤을 운운하는 걸로 봐 쉽게 입을 열 것 같지 않았다. 손끝에서 잡힐 듯, 잡힐 듯, 살랑거리는 잠자리처럼 입을 열 듯, 열 듯하면서 좀처럼 입을 열지 않는 남자는 이번에도 잔뜩 애만 태우고는 온다 간다 말도 없이 사라져 버리고 말았다.

나는 다시 남자를 만나보고 싶었다. 김 씨 아저씨가 없는 사이에 그를 만나볼 생각으로 남자의 집을 찾아 하리로 갔다. 그렇지 않아도 남자의 집에 세워 두었다는 나무 소녀상을 보고 싶었다. 마을사람들이 가르쳐 준 남자네 집은 준호네 집과 반대방향이었다. 아저씨를 따돌리기에 좋은 위치였다. 남자네 집은 낮은 담장에 대문도 있으나마나였다. 내 어깨 높이 만큼인 철 대문이 열려 있었다. 남자는 보이지 않고 정말 마당에 세워 놓았다는 장승 같은 게 보였다. 말이 소녀상이지 장승과 똑같았다. 집 안으로 성큼 들어섰다. 나무 가까이 다가갔다. 내 키의 절반쯤 되는 나무를 머리 아래 목 부분만 들어가게 깎아 놓았고 몸통은 나무 그대로였다. 가슴에 해당하는 중간부분에 '김경순'이라는 글자가 새겨져 있고 목에는 예쁜 수가 놓아진 손수건이 둘려져 있었다. 나는 나직이 소리 내어 이름을 읽었다. 그때 등 뒤에서 남자 목소리가 들려왔다.

"준호 고모 이름이지."

남자는 의기양양하게 말했다.

"그분 이름이 김경순이었군요?"

"저기 가면 묘가 있는데, 그래도 김경순은 죽지 않았지."

"묘가 있는데 죽지 않았다구요?"

"여기에 살아 있지. 여기와 여기에."

남자는 소녀상과 자기 가슴을 탁탁 치면서 진지한 표정을 지었다.

"아, 그렇군요. 그런데 마당에다 왜 이걸 세웠죠?"

"그건……, 그건 비밀이지."

남자는 비밀이라고 하면서 주위를 둘러봤다. 김 씨 아저씨를 의식한 것 같았다.

"괜찮아요. 아저씨 안 와요."

"우리 할아버지 유언이었지. 죽을 때 남긴 말."

아무래도 남자의 할아버지와 준호 고모와 무슨 관련이 있어 보였다.

"그런데 불을 질러야 할 집이 따로 있다고 했잖아요. 그 집이 어떤 집인지 말해 줄 수 있나요?"

나는 이쯤이면 남자가 입을 열 것이라는 기대를 하면서 바짝 조이기 시작했다.

"불을 질러야 할 집이 아니라, 불이 나게 되어 있는 집이지."

법정에서 흔히 죄인들이 처음에 진술했던 말을 바꾸듯 남자도 처음에 했던 말을 바꾸는 것이었다. 지능이 모자란 사람으로 봤던 게 잘못이었다. 어쩌면 나보다 한 수 위인 것 같다는 생각이 들었다. 이럴 때는 바로 치고 들어가는 수밖에 없었다. 나는 단도직입적으로 질문을 퍼부었다.

"저를 안다고 하셨죠? 그래요 저는 판사예요. 판사 앞에서 거짓말을 하면 안 된다는 거 아시죠? "

"거짓말 아니지. 내 눈에 다 보이거든."

"그렇다면 말해 봐요. 아저씨의 할아버지께서 해 주셨다는 그 말, 그 말을 해 보시라구요."

"음, 그러니까. 우리 할아버지에게 군수님이, 아니 우리 할아버지가 군수님에게……."

남자는 또 지연작전을 펼치고, 마치 쳐들어오듯 느닷없이 김 씨 아저씨가 나타나 방해를 하고 말았다.

"여긴 자네가 있을 곳 아니네."

아저씨는 마치 위험한 곳에 있는 어린아이를 돌려세우듯 서둘러 나를 남자의 집에서 나오게 했다.

"자네가 하리로 가더라고 해 혹시나 하고 봉수네 집엘 가 본 거라네."

아저씨는 준호네 집에 대문을 달아 주는 작업을 지켜보다가 우리 집으로 돌아갔더니 내가 없어서 이상해 남자네 집으로 와 본 거라고 했다. 그러면서 무척 당황했다. 나는 법률가의 직감으로 때를 놓치지 않았다.

"아저씨는 다 아시잖아요."

"예?"

아저씨는 얼떨결에 손윗사람에게 하듯이 '예'라고 소리쳤다.

"무슨 말이라도 받아들일 수 있어요. 걱정 마시고 다 말씀해 주세요."

아저씨는 말이 없었다. 우리 집에 도착할 때까지 묵묵히 걷기만 했다. 아저씨와 함께 집으로 돌아와 사랑채 마루에 나란히 앉았다. 아저씨는 혼자 중얼거렸다.

"아무래도 때가 된 것 같아."

"때가 되다니요?"

"충격 받지 마시게. 그게 말이네. 그러니까……."

아저씨도 남자처럼 망설이기는 마찬가지였다. 나는 잠자코

기다리기로 했다.

"정이 그렇다면 나를 따라오게."

아저씨는 산이라도 짊어진 것처럼 힘겹게 자리에서 일어나 광 쪽으로 걸음을 옮겼다. 그리고 며칠 전처럼 광에 채워 둔 자물통을 열었다.

"광은 왜요?"

내가 의아한 표정을 지으며 물었지만 아저씨는 말없이 나를 데리고 광 깊숙이 들어가 며칠 전에 내가 열어 보고 싶었던 커다란 독 앞에서 걸음을 멈추었다. 그리고는 잠시 심호흡을 펴낸 다음 육중한 독 뚜껑을 열고 비닐로 단단히 싼 노트 크기의 물건을 꺼내어 나에게 넘겨주었다.

"이게 뭐죠?"

"직접 풀어 보시게."

아저씨는 나에게 그것을 넘겨주고는 뒤뜰로 가 버렸다. 나는 그것을 가지고 사랑채로 돌아왔지만 선뜻 비닐을 풀지 못했다. 아저씨가 그토록 깊은 곳에 감춰 둔 거라면 예사로운 것이 아닐 것이었다. 한참을 망설인 끝에 마치 시한폭탄을 만지듯 비닐을 풀었다.

대여섯 겹 정도 비닐을 벗겨 내자 옛날 초등학생들이 사용하던 낡아빠진 노트 한 권이 나왔다. 노트 겉표지에는 아무것도 적혀 있지 않았다. 아버지를 떠올렸지만 노트 모양으로 봐 교수를 했던 아버지의 것일 리가 없었다. 잠시 숨 고르기를 한

다음 노트 내지를 펼쳤다. 한글이 또박또박 적혀 있었다. 뜻밖에도 할아버지의 필체였다. 할아버지는 일제강점기 내내 일본 글과 한문을 사용한 탓에 한글은 능숙하지 못했다. 해방되고 나서야 한글을 쓰기 시작했고, 나에게 편지를 하거나 무슨 글을 쓸 때는 한글을 쓰려고 애썼다. 그렇다면 나에게 쓴 글이 틀림없을 것이었다. 순간 노트 표지를 닫고 말았다. 보지 말아야 할 것 같은 예감이 스친 탓이었다. 기억 하나가 떠올랐다. 할아버지가 돌아가시고 난 다음, 김 씨 아저씨가 비닐에 싼 것을 나에게 내밀었다가 무슨 일인지 후다닥 감춘 적이 있었다.

할아버지는 1985년 92세를 일기로 돌아가셨다. 나는 할아버지 임종을 지켜드리지 못했다. 엄마도 내 동생들도 마찬가지였다. 그러니까 우리 가족은 단 한 사람도 할아버지 임종을 지키지 못한 것이다. 할아버지의 최후를 지켜 본 사람은 할아버지 곁에서 수족처럼 돌봐 드린 김 씨 아저씨 한 사람뿐이었다. 할아버지는 자신이 세운 둥근 기둥에 스스로 목을 매고 말았고 이 일은 아저씨와 엄마만 아는 우리 가문의 비밀로 존재하고 있었다. 엄마가 아저씨에게 세상 어느 누구에게도 발설하지 말 것을 부탁한 탓이었다. 엄마는 할아버지 죽음에 대해 자식들에게까지 함구했고, 우리는 모두 할아버지가 암을 방치했다가 돌아가신 걸로 알고 있었다.

누구에게도 자신의 병을 알리고 싶지 않은 할아버지의 자존심 탓인 줄만 알았다. 할아버지가 목을 매 자살을 했다는 사실을 알 게 된 것은 돌아가시고 서너 달 후였다. 아저씨로부터 은밀히 듣게 되었다. 아저씨는 나에게까지 차마 감출 수 없었다면서 이야기를 꺼냈는데, 아저씨의 말은 충격적이었다. 할아버지는 정확히 알 수 없지만 암에 걸린 것 같았는데 처음엔 아저씨에게까지 병을 감추었다고 했다.

"나도 돌아가실 지경이 되어서야 알았지."

"그 지경에 이를 때까지 고통이 심하셨을 텐데 어떻게 견디셨을까요."

"나에게 어느 날부터 아편을 구해 오라고 하시질 않겠나. 그때만 해도 마을에서 몰래 심은 아편을 구할 수가 있었거든."

"고통을 아편으로 견디셨다는 거군요."

"아무리 생각해도 어른이 자신을 탓하는 것 같았어. 그렇게 아편을 맞고 나면 잠이 들었는데, 잠이 들려고 할 때면 비몽사몽 말씀을 하셨네."

"뭐라고 하셨죠?"

"미안하다는 말을 하고 또 하시면서 '우리 함이가 알면 안돼'라고 헛소리를 하셨지."

아저씨는 그때 그런 말을 하면서 지금과 똑같은 비닐에 싼 것을 나에게 내밀 듯했고 나는 "뭐예요?"라고 물었다. 그런데 아저씨는 무슨 일인지 "아니야. 아무것도 아니야."라고 하면서 급히 일어나 그것을 들고 자기 집으로 돌아가 버리고 말았는데,

그때 그 노트일 거라는 짐작이 갔다. 할아버지가 했다는 말, 미안하다고 하면서 내가 알면 안 된다고 했다는 말을 생각했다. 할아버지가 누구에게 왜 미안해했는지, 내가 알면 왜 안 되는지, 그 이유가 노트에 적혀 있을 것 같았다. 용기를 내어 노트를 펼쳤다.

그래야만 했을까. 그 시절 꼭 그래야만 했을까. 아니다, 시국이 그럴진대 나 하나 그렇게 하지 않는다고 해서 일제가 물러갈 것도 아니지 않는가. 어디 나뿐이던가. 나야 피라미 새끼에 불과하지 않았던가. 조선의 벼슬아치 중 일제의 주구가 되지 않은 자가 누구던가. 일제에 빌붙지 않고 자리를 보전할 수가 없는데, 조선총독부 초대 총독 데라우치 마사타케가 부임하면서 첫마디가 "조선인은 일본에 복종하든지 죽든지 하나만 선택하라"고 하지 않았던가. 그래, 모든 것을 잃는 판인데 어쩌란 말인가. 내 가문 내 자식들을 어쩌란 말인가. 왕년에 나라를 한 손에 거머쥔 왕족들부터 높은 지위에 있는 사람들은 후작, 자작, 남작이라는 귀족 작위에다 은사금에 무진장한 전답까지 받지 않았던가. 그렇다면 독립운동을 한다는 명분으로 만주니 노령이니 미국이니 남의 나라로 떠나버린 사람들은 과연 나라를 지킨 자들이란 말인가. 그들도 나라를 버리기는 우리나 피차일반 아닌가. 그들이 과연 나라를 찾았던가.

그도 그렇거니와 조선 팔도를 휩쓰는 그 유명한 이광수 소설가 선생의 글을 읽고 강연을 들어 보면 친일은 지극한 애국이었다. 일본 천황은 혈통적으로 우리 조선의 어버이이시고, 일본 내지인은 우리 조선인과 같은 형제가 아니던가. 황실은 우리나라의 종가이며 천황폐하는 우리나라의 아버님이시니, 그래서 성씨를 중국을 숭배한 옛 선인들의 유물을 버리고 이제는 진정한 우리 조상을 찾아 일본식 이름으로 바꾸어야 한다고 필설로 목숨 바쳐 우리를 가르치지 않았던가. 이광수 선생 다음으로 존경받았던 조선의 문사 김문집 선생은 또 뭐라고 했던가. 개벽 이래 조선이 일본과 하나가 된 오늘날만큼 행복했던 시대가 없었다고 했다. 그중에 한 가지를 든다면 우리는 상고上古 때 우리 선조의 나라였던 일본으로, 조선이 원래의 조선으로 돌아왔기 때문이라고 했다. 그동안 우리를 낳아 준 어버이를 떠나 의붓아버지인 중국에게 행랑방살이를 해 왔는데 이를 불쌍히 여기시고 누더기를 걸친 채 굶주리고 병든 우리 조선을 구해 주시고 사랑을 베푸시는 천황폐하 아버님께 그저 멀리 엎드려 감읍낙루할 따름이라고 했다. 감히 입에 담는 일조차 황송하기 짝이 없는 한 분, 위대하신 신에게 우리는 몇 대에 걸쳐 그 일만 분의 일이나 갚겠느냐고 은혜에 대한 감사의 한탄을 금치 못했다.

이 외에도 헤아릴 수 없이 수많은 인사들이 이와 비슷한 글을 쓰고 연설을 했지만 일제가 좋아서 친일하는 자가 어디 있더란 말인가. 살자니 도리 없이 무릎을 꿇을 수밖에, 그럴 수밖에, 저마다 후손들을 위해 가문을 살리자고 하는 짓인데, 시국이 그럴진대 누가 누굴 탓한단 말인가. 그렇다면 한번 생각해 보자. 일제의 탄압을 피한다는 이유로 남의 나라로 건너가 제 나라를 찾겠다고? 그것이 과연 잘한 일인가. 그들은 타고나기를 반항심이 강해서 그렇다고들 하지 않던가. 그들은 애국자가 아니라 창자가 꼬여서, 남 앞에 고개를 숙일 줄 모르고 허리를 굽힐 줄 모르는 교만이 충만한 자들이라 그렇다고 일본사람들이 말하지 않았던가. 그들은 가문을 망하게 하고 식솔들을 모두 거지로 내몰지 않았던가. 그게 어디 장한 일인가.

일단 내 식솔을 살리고, 식솔을 호의호식하게 하는 것이 가장의 도리 아닌가. 이 세상에 그보다 더 큰 도리가 어디 있단 말인가. 논어의 양화陽貨편을 보라. 공자가 아들 백어伯魚에게 가르친 수신제가修身齊家와 치국평천하治國平天下가 무엇이더란 말인가. 천하보다 먼저인 것이 제 가정, 가족이라는 말 아니던가. 제 가족을 거리로 내몰고 세상의 천덕꾸러기로 만들어 놓고 어디 가서 도리를 운운할 수 있더란 말인가. 안중근이니 윤봉길이니 하는 자들, 죽기로 일제에게 항거한 그들 자손들의 험한 행로를 모르는가. 그들 자손들이 얻어먹는 신세를 어느 대에 그칠 수 있겠는가. 세월이 아무리 가도 없을 터. 백년하청일 수밖에. 세월이 가면 옛것은 공기처럼 사라지게 마련, 다 잊게 마련이다. 오늘 하루 살기에도 바쁜 민초들이 지나간 것들 기억할 여유가 어디 있단 말인가. 세월이 다 해결해 줄 것이다.

내 자손들을 내가 지키지 않으면 누가 지켜 주더란 말인가. 내 자손들은 내가 살아온 나의 후광을 누릴 것이다. 자 봐라, 내 자손들이 잘 되어 가지 않느냐. 내 손녀 함이가 판사가 되었으니 내가 바라는 대로 되지 않았는가. 우리 함이가 장차 승승장구하여 가문을 빛낼 것이다.

그런데 밤이면 왜 이다지도 두려워지는가. 왜 무서워지는가. 가슴속에 쌩쌩 찬바람이 불어닥치는가 하면 창자를 몽땅 들어내 버린 것처럼 허하단 말인가. 잠을 잘 때마다 울부짖는 그들이 떠올라 잠을 설치기 일쑤다. 귀신 들린 것처럼 후회가 밀물처럼 나를 덮친 것이다. 일제가 내 목에 총칼을 들이대는 것도 아니었는데, 생명이 위협받는 것도 아니었는데, 자발적으로 나서서 내 나라 백성들의 눈에서 피눈물을 빼는 데 일익을 담당했다는 자책이 자제하지 못할 지경으로 밀려든 것이다. 과연 이것이 양심이라는 것인가. 나는 봄가을 곡물을 공출하는 데 앞장섰고, 대동아전쟁이 시작될 무렵, 최하 13세에서 최고 20세 전까지 처자들을 뽑아 올리는 데 열성을 바쳤다는 사실을 하늘이 알고 있지 않은가. 한 가지라도 남보다 먼저 조선 사람을 황국신민으로 만드는 일에 솔선수범하여 일제의 눈 안에 들고 싶었다.

봄가을마다 보리와 벼를 공출할 때면 백성들이 뚝뚝 눈물을 흘리며 허탈해하던 눈빛이 선하게 떠오른다. 그들도 지금의 내 가슴속처럼 허했던 모양이다. 그들 대부분은 남의 땅을 부쳐

먹고 살아가는 소작농이었다. 잊혀지지 않는 일이 있다. 한 번은 가을 추수 때 공출을 거두어 가는 가마니가 미어져 벼가 흘러내렸다는 보고를 받았다. 그때 농민들이 길에 흘러내린 벼, 돌이 절반도 넘은 벼를 두어 되쯤 쓸어 담자 순사들이 달려와 가죽 채찍으로 등짝을 후려치고는 길 옆 시궁창을 퍼 올려 그들이 쓸어 담은 벼에 덮어씌웠다는 말을 들었다. 그때 상부에서 땅에 떨어진 보리 한 톨, 벼 한 톨도 다 일본제국 천황 폐하의 것이니 그런 행위를 한 농민은 천황 폐하의 것을 도둑질 놈이니 색출하라는 지시가 떨어졌다. 나는 그 지시에 충실히 따랐고 벼를 쓸어 담은 농민들이 붙잡혀 벌을 받았다. 그들은 쓸어 담은 벼의 열 배를 물어야 했다. 지금도 밥을 먹을 때면 그 일이 떠올라 소화불량은 물론이고 급체하는 일이 늘어 간다. 목에 혹이 붙은 것처럼 음식을 삼킬 때마다 걸린다.

그보다 더 고통스럽게 떠오른 것이 있다. 처녀들을 모으는 일이었다. 그것이야말로 나를 가장 괴롭히는 일이다. 대동아 전쟁을 코앞에 두고 총독부에서 전국 지방 군수들에게 처녀들을 군 단위마다 20명 이상씩 뽑아 올리라는 명령이 떨어졌다. 모두 한 명이라도 더 뽑아 올리려고 갖은 묘안을 썼다. 그때 우리 지역에서 찾아낸 처녀는 모두 19명이었다. 한 명을 더하면 더했지 모자란다는 것은 있을 수 없는 일이었다. 내가 고민하자 아랫사람이 자기가 알아서 할 테니 염려 말라고 하더니 한 명을 더 구해 20명을 채웠다고 했다. 나는 그렇게 해서 임무를 무사히 완수하게 되었다. 다른 지역에서는 10명도 채우지 못한 곳이 많았다. 임무를 완수하지 못한 관리들은 그에 상응한 징계를 받아야 했다. 나는 표창을 받았다. 그때 내 아랫사람이 자랑삼아 말하는 것이었다. 마지막 처녀는 약혼한 처지였는데 자기가 꾀를 써서 파혼을 시켰다고 했다. 약혼한 처녀는 보낼 수 없었다. 약혼한 처녀를 파혼시켰다는 말에 마음이 편치 않았지만 도리가 없는 일이었다. 아랫사람을 칭찬해 주었다. 나로서는 고맙기 짝이 없는 일이었다. 뒤에 알고 보니 이 모든 일은 당시 경찰서장으로 있는 동생 이훈이 내 아랫사람에게 시켜서 한 일이었다. 동생은 나하고는 비교할 수 없는 전략가로 평이 높은 사람이다. 동생은 내가 유약해서 그런 일을 못하니 자기가 했노라고 실토를 한 것이었다. 일을 뒤집을 수도 돌이킬 수도 없었다.

그런데 내가 정작 놀란 것은 그 처녀가 하리 김상운의 여식이라는 사실이었다. 경악을 금치 못했다. 동생은 그 처녀가 김상운 여식이라는 사실을 알고도 그렇게 했다는 것이다. 내 일생에 이보다 더 괴로운 일이 있을까. 조카딸 연이가 제 목숨을 끊어 버린 심정을 알 것 같다. 일제가 김상운을 잡아갈 때도 나는 모른 척하고 말았다. 그는 어릴 적 나와 내 동생과 함께 냇가에서 멱을 감고 놀았던 고추친구가 아니었던가. 독립운동자금을 댔다는 소문을 듣고 경관이 들이닥쳤을 때 내가 나서 주었더라면 잡혀가지 않았을지도 모른다. 나보다도 내 동생이 나서 주었더라면 확실히 잡혀갈 리가 없었다.

옆구리가 결리기 시작하면서 김상운이 자주 꿈에 보인다. 김상운이 보일 때면 칼끝으로 저미는 것처럼 옆구리가 더 아프다. 김상운의 여식은 해방되고 돌아왔지만 죽었다는 말을 들었다. 이제 내 몸도 점점 죽어가고 있다. 나는 병원에 가지 않기로 마음먹었다. 옆구리가 농익은 감처럼 점점 붉어지면서 속으로 곪아가는 것 같다. 꿈자리도 점점 더 사나워져 간다. 꿈속에서 자꾸 뼈만 앙상한 해골들이 눈앞을 가린다. 내가 보낸 처녀들뿐만 아니라 전쟁터로 보낸 청년들이 어른거린다. 아무래도 천벌을 받기 시작한 것 같다. 저승 가서 그들을 만나게 될까 두렵다. 그중에 김상운을 만날 일이 가장 두렵다. 천벌은 살아 있을 때 모조리 받고 가면 좋으련만. 그랬으면 참 좋으련만……."

숨이 멈출 것 같아 읽기를 그쯤에서 멈췄다. 1968년 3월, 내가 열 살 때 우리 고향과 가까운 여주에서 미라가 발견되어 떠들썩한 적이 있었다. 미라는 400년 전 거라고 했다. 그해 5월에는 경부고속도로 공사를 하다가 화성에서 또 여자 미라를 발견했다. 그것도 400년 전 거라고 했다. 나는 그때 어린 탓에 미라가 무엇인지 그게 왜 그리 놀라운 일인지 알지 못했지만 "수백 년 땅속 깊이 묻혀 있어도 때가 되면 다 나오게 되는 모양이야. 사람 형상이 세상으로 나온 것은 한이 맺혀서라는데, 400년 아니라 4천 년, 4만 년이 지나도 뼈를 조사해 보면 왜 죽었는지 다 안다는구만."이라는 어른들의 말을 들었다.

공자가 아들을 가르친 수신제가 치국평천하를 역설로 풀이하면서까지 본인의 행위를 정당화시키다니, 아니 그보다도, 도무지 말이 아닌 것은, 준호 고모? 준호 고모라니……. 마치 수백 년이 된 미라의 뱃속을 보듯이 할아버지가 걸어온 발자국을 속속들이 들여다본 충격은 지금까지 내가 고뇌했던 것과 또 다른 것이었다. 그래서였을까? 내가 고향에 내려갈 때마다 할아버지는 목각인형을 깎고 있었다. 엄마가 고개를 갸웃거리면서 "평생 손에 연장이라고는 잡아 본 일이 없으신 어른이 목각인형이라니?"라고 의아해했다. 그때는 80대였는데 80대 노인이 목각인형을 깎는다는 건 예사롭지 않은 일이었다. 외로워서일 거라고 생각했다. 나는 판사 생활을 하면서 힘들 때면 할아버지를 뵈러 고향에 내려왔다. 뵈러 올 때마다 할아버지는 늙어갔다. 나를 바라보는 눈에도 장죽을 빠는 입에도 힘이 없었다. 내뿜는 연기도 입가에서 흐지부지 사라지고 말았다.

"할아버지, 서울에서 우리랑 함께 살아요."

서울에 가서 우리와 함께 살자고 권할 때마다 할아버지는 고개를 가로저었다. 할아버지의 말년은 너무 쓸쓸해지고 말았다. 15년 전 할머니가 먼저 떠나 버렸고, 작은댁 할머니는 생존해 있었지만 할아버지는 젊은 때와 달리 작은댁 할머니에게 가지 않으려고 했다. 그러자 엄마는 "백여우가 우리 재산 다 빼내고 할아버지를 내친" 거라며 작은댁 할머니를 향해 욕을 퍼부었다. 엄마는 주로 서울에서 우리와 함께 살고 있었다. 내가 대학에 들어가면서 남동생들도 모두 서울에서 학교를 다니게 되자 엄마가 우리와 함께 살게 된 것이었다. 엄마가 고향에서 할아버지를 모시고, 서울 집엔 사람을 두려했지만 할아버지가 막았다. 자식 곁에는 엄마가 꼭 붙어 있어야 아이들 마음이 안정이 되어 공부에 전념할 수 있다는 것이었다. 할아버지는 김 씨 아저씨 부부가 맡았다. 그래서 아저씨는 할아버지의 유일한 벗이고 보호자였다.

내가 올 때마다 할아버지는 목각인형을 소중하게 품에 안고 사포질을 했다. 나무분진이 뽀얗게 날았다. 아저씨가 옆에서 부지런히 먼지를 닦아냈다.

"할아버지, 이거 나 주려고?"

매끈하게 사포질이 된 인형을 바라보며 나는 그렇게 짐작했다. 그런데 할아버지는 대답이 없었다. 아저씨가 옆에서 손을 저었다. 나에게 주려고 깎는 게 아니라는 눈치였다. 목각인형은 소녀 같기도 하고 소년 같기도 했다. 엄마는 아마도 죽은 손자들이 그리워서일 거라고 했다. 나도 그러려니 했다. 목각인형은 한두 개가 아니었다. 20개쯤 되었다. 할아버지는 목각인형을 깎아 마치 비밀을 감추듯이 사랑채 벽장에 넣었다. 그렇게 목각인형을 벽장에 감추는 할아버지의 얼굴빛이 무척 창백했다. 목각인형은 위안부로 보낸 소녀들일 것이고, 할아버지는 위안부 소녀들을 깎다 돌아가신 것이었다. 짐작건대 20

여 개나 되는 목각인형을 깎는 것은 할아버지 자신의 뼈를 깎는 행위였을 것이었다.

준호 고모가 다른 사람도 아닌 우리 할아버지 때문에 희생되었다는 사실은 그야말로 청천벽력이었다. 다른 건 몰라도 그러니까 일제에게 충성을 바치기 위해 경쟁적으로 곡물을 공출한 것이라든지, 전쟁 물자를 대기 위해 쇠붙이란 쇠붙이는 물론 아궁이 틀이며 불을 땔 때는 부지깽이며 벽에 박힌 못이며 사람 몸에 박혀 있는 금니까지 뽑아간 것까지는 백 번, 천 번이라도 어쩔 수 없는 일이었다고 이해할 수 있었다. 그런데 처녀들을 위안부로 보내는 일에 충성을 바쳤다는 것, 더욱이 약혼까지 해 놓은 준호 고모를 희생시킨 것은 도저히 용납할 수 없었다.

집을 나올 때 가지고 온 연이 고모 일기장을 꺼냈다. "나는 해방 이전부터 지금까지 특권을 누려 온 나의 아버지 덕택에 외국 유학까지 다녀오며 어렵지 않게 공부할 수 있었고, 그 덕에 어딜 가나 하늘처럼 떠받들며 우러러보는 대접을 받았으며, 나를 하늘처럼 우러러보는 사람들은 공부를 하지 못한 사람들이라는 것, 그들은 일제치하에서 종처럼 가난했기 때문이며, 그래서 그들이 나를 하늘처럼 떠받들며 우러러 볼 때마다 내 뼛속에서 톱질소리가 났고, 톱질소리는 착취, 착취, 라는 소리를 냈다."는 내용을 지금 내가 쓴 것만 같았다. 정말 뼛속에서 톱질소리가 난 것 같았다.

그런데 또 하나, 나는 사실 지금까지 연이 고모 일기 가운데 너무 놀라서 떠올리기조차 싫은 부분이 있었다. "나는 역사에 빛나는 가문보다는 역사 앞에 부끄럽지 않은 가문이기를 원한다. 나는 세상이 우러러보는 가문보다는 내가 자랑하고 싶은 가문을 갖고 싶다. 나는 세상이 존경하는 아버지가 아니라 내가 존경하는 아버지를 갖고 싶다. 우리 아버지와 우리 큰아버지가 그런 일을 했다는 것은 하늘의 해가 갑자기 사라져 버리는 것만 같은 충격이었다. 더 이상 말해서 무엇 하랴. 내 앞날은 암흑이다."라는 내용이었다. 가문은 두 집 다 똑같은 가문이고, '우리 큰아버지'라는 말은 우리 할아버지를 가리킨 말이었다. 고모는 구체적인 내용은 밝혀 놓지 않았기 때문에 지금까지 무슨 의미인지는 짐작할 수 없었지만 우리 할아버지와 한남동 할아버지가 무언가 부끄러운 일을 했을 거라는 짐작은 충분히 가능했다. 그리고 지금에야 의문이 풀린 것이었다. 그러니까 연이 고모의 자살, 두 분이 모의까지 해 가면서 약혼한 준호 고모를 위안부로 보냈다는 사실을 알고 연이 고모가 자살했을 것이었다. 당시 외국에서 철학을 공부한 엘리트로서 인간의 고유한 인권이 무엇인지를 아는 고모의 고통을 알 만했다. 법학을 공부하고도 법률가로 살기를 포기하고 철학을 공부한 고모를 이해할 수 있을 것 같았다. 아버지가 늘 미안하게 생각하며 살아야 한다고 당부한 것도 어쩌면 준호 고모 때문이었을 거라는 생각이 들었다.

나도 연이 고모처럼 해가 갑자기 사라져 버린 것만 같은 충격을 안고 사랑채에서 나왔다. 밖은 5월의 햇빛이 찬란하게 빛나고 있었다. 해가 찬란하게 빛날수록 눈을 뜰 수가 없었으며 눈을 들어 하늘을 보기가 민망하고 죄송했다는 연이 고모의 독백처럼 나도 눈을 들어 하늘을 볼 수가 없었다. 꽉 막힌 속에서 목구멍까지 거듭 차오른 숨을 퍼낼 뿐이었다. 그때 아저씨가 뒤뜰에서 나와 나에게 다가와 걱정스러운 표정으로 물었다.

"괜찮은 건가?"

나는 대답하지 못한 채 침만 삼켰다.

"그걸 어르신이 돌아가시기 전에 나에게 맡기시면서 때가 되면 자네에게 주든지, 아니면 알아서 소각하라고 하셨는데……."

아저씨는 소각하지 않고 나에게 보여 주신 것을 후회하는 듯했다.

"왜 소각하지 않으셨어요?"

"그래서는 안 될 것만 같았네. 어르신이 이걸 쓴 심정을 나는 훤히 알고 있었으니까."

"우리 할아버지, 이걸 어떤 심정으로 쓰셨을까요?"

"그야말로 당신 목숨을 잉크 삼아 쓴 거지. 하루하루 죽어 가면서 쓰셨으니까. 사람이 죽는 마당에 남긴 글만큼 곡진한 것이 있겠는가."

"두려운 탓이었겠지요. 지하에서 만날 영혼들이 두려워서요."

아저씨는 민망한 표정으로 허공을 응시했다. 평생 극진히 모셨던 어른이었으니 그럴 것이었다.

"연이 고모가 준호 고모 문제를 알았을까요?"

"그래서 문제가 되었지."

"준호 고모 일을 알고 목숨을 끊었다는 말인가요?"

"아무튼 그렇게 됐네."

"그런데 어떻게 연이 고모가 그 사실을 알게 되었을까요?"

"봉수 할아버지가 괴로워하면서 질질 흘리고 다닌 탓에 결국 연이가 알게 되었지 뭔가."

"그 남자 할아버지가?"

"봉수 할아버지가 그때 준호 고모를 일본으로 보내는 데 역할을 한 사람이었네. 물론 봉수 할아버지도 일본 순사 놈들 지시에 따른 것이었지만. 결국 봉수 할아버지도 괴로움을 이기지 못해 술만 마시다가 술병으로 죽었지."

아저씨는 그 일을 시킨 사람이 차마 우리 할아버지나 한남동 작은할아버지라는 말을 못하고 일본 순사들이라고 했다.

"결혼하거나 약혼한 처녀는 데려가지 않았다는데 어떻게?"

"결혼한 여자는 어쩔 수 없었고, 약혼한 처녀는 약혼자만 없어지면 되는 일 아닌가."

"그게 무슨 말씀이세요?"

"약혼한 총각을 죄인으로 만든 다음 전쟁터로 보내 버렸다고 하더군. 악랄한 각본이었지."

"각본이라구요?"

"약혼 전에 준호 고모를 좋아한 청년이 있었는데 약혼자가 질투심에 그 청년을 죽였다는 식으로 살인죄를 뒤집어씌웠다고 하더군. 물론 일본 순사 놈들이 멀쩡한 어떤 청년 하나를 죽여 놓고 꾸민 일이었지. 그래서 약혼자 청년은 감옥에 갔다가 총알받이용으로 전쟁터로 보내졌고 결국 죽어서 돌아왔으니 기가 막힌 각본 아닌가."

"이런 걸 정말 한남동 할아버지와 우리 할아버지가 함께 꾸몄다는 건가요?"

아저씨는 대답 대신 헛기침을 했다. 나는 넓은 마당 한가운데 우뚝 섰다. 하늘이 내 머리 위로 내려와 정수리를 힘껏 눌렀다.

우리 집 둥근 기둥에 손을 짚었다. 그리고 할아버지가 세우고, 거기에 스스로 목을 매단 둥근 기둥을 더듬어 보았다. 할아버지는 영원히 천년만년 우리에게 튼튼한 기둥이 되어 주고 싶었을 것이었다. 그래서 기둥을 우리나라에서 제일가는 안면송 둥근 기둥으로 바꾸었을 것이었다. 기둥을 두 팔로 안아 봤다. 할아버지를 안아 드리듯 한참을 안았다. 생각해 보면 노트에 고해성사 같은 고백을 남기고 기둥에 목을 맨 할아버지는 민족과 나라 앞에 사죄했다고 볼 수 있다. 그런데 사죄는 공개적이어야 한다는 게 문제였다. 범법자가 자살했다는 이유로 그가 저지른 범죄가 상쇄되지 못한 것과 같은 맥락이기 때문이다.

나는 이제 미련 없이 내가 태어나 자란 집, 할아버지가 분신처럼 아낀 우리 집을 해체하기로 한다. 그동안 두 번이나 계획했지만 차마 실행에 옮길 수 없었던 것은 그때까지만 해도 준호 고모를 몰랐던 탓이라고 할 수 있다. 그때 온갖 변명이 내 행위를 제지하고 나섰다. 도대체 이 시대에 친일 청산이라니, 그게 이 시대에 무슨 의미가 있단 말인가. 다가올 미래를 준비하기에도 바쁜데 누가 할 일 없이 과거사에 매달린단 말인가. 지금까지 아무렇지도 않게 잘 살아왔는데 이제 와서 죄책감을 갖는다는 자체가 어리석은 것 같았다.

이제 다시는 볼 수 없는 우리 집을 한 번 더 둘러보았다. 집이 마치 살아 있는 생물처럼 아파하는 것 같았다. 아파하는 집을 바라보며 나는 일본대사관 소녀상 앞에서 불꽃으로 자신의 몸을 태워 버린 최현열 선생을 떠올렸다. 형장의 이슬로 사라진 안중근 선생의 최후도 떠올렸다. 그런 생각을 하면서 우리 집에 불을 놓을 준비를 했다. 할아버지, 할머니, 아버지 사진을 떼러 다녔다. 안방 벽에서는 할머니 사진을, 사랑채 벽에서는 할아버지 사진을, 아버지가 사용하던 서재에서는 아버지 사진을 떼어냈다. 사랑채 벽장을 열고 목각인형을 꺼내어 차에 실었다.

거사, 그렇다. 나에게는 어마어마한 일이니 거사라고 할 수 있다. 거사는 마을사람들이 잠든 새벽에 하기로 하고, 사랑채로 돌아와 어려서 할아버지 곁에서 이야기를 듣다 잠이 들었던 일을 추억하며 사랑채에 누웠다. 뛰는 가슴을 진정하려고 애썼지만 진정되지 않았다. 금세 문을 벌컥 열고 엄마가 나타날 것만 같고, 아저씨가 눈치채고 달려올 것만 같았다. 밤바람에 스르륵, 사르륵, 뒤뜰 나무들이 움직이는 소리가 날 때마다 가슴이 덜컹거렸다. 일경에게 쫓긴 애국지사들의 심정이 이랬을 것이라는 생각이 들었다. 불안한 마음을 잠재우기 위해 할아버지와 함께 읽었던 동화 안데르센의 「백조왕자」를 떠올렸다.

세상이 다 아는 이야기, 마녀 계모의 마술에 걸려 백조로 변한 11명의 왕자와 엘리사 공주의 이야기의 대강은 이렇다. 계모에게 쫓겨난 엘리사 공주는 꿈속에 요정으로부터 오빠들의 마술을 풀어 주는 방법을 듣게 된다. 요정은 교회 무덤가에 나가 가시 돋친 쐐기풀을 뜯어 오빠들 옷을 짜 입히면 다시 사람으로 돌아온다고 일러 준 것이다. 대신 남에게 들키지 않아야 하고 어떤 일이 있어도 옷을 다 완성하기까지는 어떤 말도 해서는 안 된다는 주의를 준다. 그렇게 하여 엘리사가 옷 한 벌을 완성했을 때 이웃나라 왕자가 나타나 아름다운 엘리사에게 반해 그녀를 왕비로 삼게 된다. 결혼을 했지만 엘리사는 일체 말을 하지 않은 채 밤이면 몰래 교회 무덤가에 나가 쐐기풀을 뜯어다가 오빠들의 옷을 짠다. 그런데 이를 수상히 여긴 대주교가 왕에게 엘리사가 마녀라는 누명을 씌워 결국 사형을 받게 된다. 목숨이 경각에 달렸는데도 엘리사는 사정을 말하지 못한 채 오로지 오빠들을 구하기 위해 옷을 짜는데, 그녀를 태운 마차가 형장에 도착할 때 그녀는 마지막 옷을 완성한다. 그리고 사형이 집행될 무렵 열한 마리 백조들이 날아와 사형을 방해하게 되고 그때 엘리사가 던져 준 옷을 받아 입은 백조들이 마법에서 벗어나 사람으로 돌아온다.

할아버지는 엘리사가 오빠들을 살린 건 가문을 살린 거라고 강조했다. 그러면서 내가 만약 엘리사라면 어떻게 하겠느냐고 물으셨다. 나는 거침없이 오빠와 가문을 위해 엘리사처럼 죽음을 무릅쓰고 무슨 일이든지 할 거라고 대답했다. 또 그래야 한다고 생각했다. 오늘도 그때와 똑같은 대답을 하기로 한다. 나는 오늘 밤 날이 밝기 전에 열한 벌의 옷을 짜서 일제의 마법으로부터 우리 가문을 구하기 위해 우리 집에 던질 거라는 대답을 하되, 그때와 정반대 되는 대답을 하기로 한다. 연이 고모가 한탄한 대로 세상이 우러러보는 가문이 아니라 내가 자랑하고 싶은 가문을 갖고 싶어서라고, 세상이 존경하는 우리 할아버지가 아니라 내가 존경하는 할아버지를 갖고 싶어서라고…….

그런 생각을 하면서 새벽 3시가 되도록 기다렸다. 드디어 어디선가 닭 우는 소리가 들렸다. 아직도 시골에서는 닭이 새벽을 알리고 있었다. 마치 신호탄처럼 한 마리가 울자 여기저기서 닭들이 따라 울었다. 닭들이 온 힘을 끌어모아 최대한 발성을 하며 울었다. 고음으로 길게 빼는 닭 울음소리가 슬픈 통곡소리처럼 들렸다.

"니 할아버지께서는 언제나 새벽 첫닭이 울 때 일어나 책을 읽으셨다."

엄마가 해 주었던 말을 떠올리며 닭을 생각했다. 지금 깜깜한 어둠을 헤치며 울고 있는 닭은 수탉일 것이었다. 내가 어렸을 때 할아버지는 수탉 이야기도 해 주셨다. 모든 동물 가운데 수탉이 가장 먼저 새벽을 알린다고 했다. 그래서 수탉은 어둠을 몰아내고 새로운 빛을 알리는 슬기로운 동물이라고 했다.

나도 수탉처럼 세상에 새로운 빛을 알리기 위해 할아버지가 일어나 책을 읽으셨다는 그 시간에 거사를 시작했다. 안채를 시작으로 사랑채까지 기름을 붓고 기름 위에 불을 놓고 돌아섰다. 기름을 만난 불꽃이 단숨에 허공으로 치솟아 올랐다. 개들이 짖기 시작했다. 우리 마을에서 가장 높은 상리, 상리에서도 가장 높은 곳에 있는 우리 집이 봉화처럼 타올랐다. 불꽃은 정말 어떤 절박한 정의를 향해 타오른 봉화 같았다. 훨훨 불꽃이 타오르자 마을이 훤했다. 불기운을 느낀 개들이 온 사방에서 짖어대고 마을 사람들이 모여들기 시작했다.

"이함!"

며칠 전 서울에서 집을 나설 때처럼 세상에 단 하나밖에 없는 내 이름이 입 밖으로 흘러나왔다. 흘러나온 게 아니라 그때처럼 내가 스스로 내 이름을 불렀다. 할아버지가 "세상의 모든 것이 다 너를 향해 모여들도록 봉화 같은 횃불을 피우거라. 봉화는 높은 곳에서 타는 불꽃이란다."라고 했던 당부가 떠오른 탓이었다. 할아버지의 소망이 우리 집에서 이루어진 것이었다.

"군수 댁에 불이 나다니?"

"도대체 무슨 일이야?"

"누가 불을 질렀지?"

"봉수 아닐까?"

"봉수는 하리 준호네 집에 불을 지른다고 야단이었지."

"참, 그랬지, 그럼 도대체 어떻게 된 일이야."

"김 씨가 가끔 군불을 땐다고 하던데. 그러다가 혹시?"

"그럼 그게?"

"참 군수 댁 큰손녀가 며칠 전에 내려왔다던데?"

"판사 손녀 말인가?"

"오라, 그래서 군불을 땠나 보구만. 그런데 군불 땐다고 이렇게 큰불이 날 리가 있나."

"내 생각엔 아무래도 봉수 짓 같아."

"내 생각도 그래."

마을 사람들이 봉수와 김 씨 아저씨를 의심했다. 언제 왔는지 봉수라는 남자가 불타는 우리 집을 바라보고 있었다. 평소 어눌한 행동을 하는 얼굴과 달랐다. 마치 자기가 하고 싶은 일을 누가 대신해 준 데 대한 고마움을 나타내는 얼굴처럼 흡족한 표정인가 하면, 한편으로는 거사를 이룬 독립운동가처럼 얼굴에 비장함이 흘렀다.

나는 남자의 눈에 띄지 않는 곳으로 자리를 옮겨, 불타는 우리 집을 바라보았다. 드디어 우리 집은 스스로 제 몸을 허물기 시작했다. 둥근 기둥에 붙은 불꽃이 하늘을 향해 승천했다. 숭례문이 불타오르던 처참한 광경이 떠올랐다. 그날 숭례문이 사라지듯 우리 집도 뜨거워라, 뜨거워라, 발 구르며 내려앉기 시작한 것이었다. 그때 무자년戊子年 정월 초나흘 밤, 회오리치는 불꽃과 함께 수억 마리 부나비 떼가 서울 하늘을 날면서 천년의 혈관이 툭! 툭! 터진 소리가 들렸었다. 우지직! 천년의 척추뼈가 무너지는 소리, 와르르! 와르르! 뼈란 뼈가 모두 내려앉는 소리가 심장을 흔들었다. 토닥토닥, 토! 토! 토! 다-다-다-다- 닥……, 살점이 타는 소리가 들리더니 불꽃 사이사이로 울긋불긋한 단청을 내보이며 숭례문이 사라지고 있었다.

그때 뉴스에서 방화범의 소행이라고 했다. 대한민국 국민들과 함께 나도 방화범에게 저주를 퍼부었다. 하늘 아래 산다는 것만으로도 감당치 못할 기쁨인데, 살아서 귀한 땅을 탕, 탕, 밟으며 숨 쉬는 것만으로도 분에 넘친 은혜인데, 그는 어쩌다가 쥐불놀이보다 더 쉽게 국보를 불태워 버렸단 말인가, 하고 그를 저주했다. 아무래도 그는 저주의 눈물로 잉태된 생명이

거나 사탄이 버린 병든 씨앗이었을 거라고, 태어나지 말았어야 했는데 태어난 거라고, 태어났더라도 연자 맷돌을 목에 걸고 심해에 빠져 죽어 버리고 말았어야 했다고 저주했다. 이제 곧 우리 마을 사람들도 나를 그렇게 저주할 것이었다. 우리 마을 사람들뿐이겠는가, 대한민국 국민 모두가 나를 패륜아라고 비난할 것이었다.

아저씨가 헐레벌떡 달려와 허둥댔다. 나 때문에 오해를 받게 한 봉수라는 남자와 아저씨에게 미안했다. 나는 아저씨를 피해 뒤뜰로 갔다. 나무들과 꽃에도 불이 붙었다. 나무와 꽃들에게 미안했다. 정말 예쁜 꽃들에게 너무 미안했다. 뒤뜰 담장처럼 둘러쳐진 왕대 숲에도 불이 붙었다. 전봇대 높이만큼이나 높은 왕대가 불기둥으로 변했다. 화르르 타오르는 불이 불꽃 춤을 추었다. 펑, 펑, 펑, 왕대 매듭 터지는 소리가 연타로 대포를 쏘는 것처럼 이어졌다. 미안했다. 미안한 마음으로 112로 전화를 걸었다. 방화범 '이함'을 체포하라고 신고를 했다. 체포를 하러 올 때 우리 마을로 오지 말고 3시간 쯤 지난 다음에 준호의 납골당이 있는 용인으로 오라며 지번을 가르쳐 주었다.

마을을 떠나기 위해 차를 몰았다. 마을 사거리에서 잠시 차를 정지시켜 놓고 마지막으로 우리 집 쪽을 바라보았다. 아직도 불꽃이 하늘 높이 충천하고 있었다. 다시 차를 출발시키려고 하는데, 누군가 차창을 똑똑 두드렸다. 봉수라는 남자였다.

"우리 할아버지가 언젠가는 이리 될 거라고 했거든요. 아니 이리 돼야 한다고 했어요. '이학, 이훈, 참 나쁜 사람들이야'라고 하면서."

반쯤 내린 창문으로 조금 전에 봤던 남자의 얼굴이 보였다. 지금까지 어눌했던 것과 달리 남자의 말은 또렷하고 정확했다. 그리고 어미에 '요'를 붙이기도 하면서 나를 향해 엄지손가락을 추켜올린 것이었다. 나는 범인이 경찰을 피하듯 재빨리 창문을 올리고는 속력을 냈다. 용인으로 가면서 "할아버지, 할아버지도 이제 시원하시죠. 그렇지만 저를 절대로 용서하지 마세요."라고 속으로 중얼거렸다. 할아버지는 어린 나를 앉혀 놓고 충효와 선비의 도리에 대한 이야기를 많이 해 주셨다. 충신 집안에 역적이 나기도 하고 효자 가문에 패륜이 나기도 하니 인간은 어려서부터 예도를 잘 배워 흔들림이 없어야 한다고 가르쳤다.

삿갓 시인 김병연 이야기도 맨 처음 할아버지가 들려준 이야기였다. 그와 내가 흡사했다. 그와 나는 둘 다 할아버지께 천하에 없는 패륜을 저지른 것이었다. 조선 후기 순조 때 홍경래 난이 일어나고 선천 부사였던 김익순은 불가항력으로 반란군에 붙잡혀 항복하게 되었다. 반란군은 당연히 역적이고, 역적에게 항복한 것도 역적이었다. 반란군에 항복한 김익순은 역적이 되었다. 그때 김익순의 손자 김병연은 겨우 다섯 살이었다. 폐족을 당한 가문은 목숨만 부지한 채 숨어 살아야 했다. 숨어 산 세월 15년이 지나간 다음 김병연은 나이 20세 청년이 되었다. 김병연은 그때 강원도 영월에서 열린 백일장에 응시하게 되었다. 시제는 홍경래 난 때 반란군에 저항하다 목숨 바친 정 아무개라는 사람의 충절과 반란군에 항복한 역적 김익순의 죄를 비교하여 논하라는 것이었다. 김병연은 김익순의 죄를 촌철살인 적으로 썼고, 장원을 차지했다. 물론 김병연이 김익순이 자기 할아버지인 줄 모르고 썼다고 전한다.

그런데 소설가 이문열은 「시인」이라는 소설에서 김익순이 자기 할아버지인 줄 알면서도 신분상승에 대한 꿈을 이루기 위해 썼다고 묘사했다. 몰랐든 알았든 결과는 마찬가지였다. 나는 김병연이 알고도 썼다는 것과 같은 처지였다. 김병연은 25세에 집을 나와 77세에 죽을 때까지 정처 없이 떠돌면서 추우나 더우나 비가 오나 눈이 오나 홑옷을 입고 삿갓을 쓰고 대지팡이를 짚고 다녔다고 한다. 나는 57세에 가문을 떠난 셈이니 김병연만큼 산다면 앞으로 20여 년쯤을 더 살아야 한다. 김병연은 삿갓으로 하늘을 가리고 시를 지으며 속죄를 했다는데 나는 하늘을 가릴 삿갓조차 없을 뿐만 아니라 시를 쓸 재능도 없는 탓에 무엇을 하며 그때까지 나의 죄를 대신할지 알 수 없는 일이다. 김병연이 부러웠다. 그런 생각을 하는 동안 준호 납골당에 도착했다.

"뉴스를 듣고 여기로 달려왔네."

내가 도착하자마자 언제 왔는지 아저씨가 성큼 내 앞에

섰다.

"놀라게 해 드려 죄송해요."

"어려서부터 남다르다 했더니. 아무튼 자네는 그 누구에게도 빚진 게 없으니 그리 아시게. 다 시국 잘못 만난 탓이지."

"다들 그렇게 말하죠. 시국 탓이었다고."

아저씨는 안타까운 마음으로 나를 위로하려고 애썼지만 시국 탓으로 돌리는 건 틀린 말이었다.

"생각해 보니 자네 집안에 두 개의 강이 흐르고 있었어."

"우리 할아버지와 한남동 할아버지가 이루는 강과 우리 아버지와 연이 고모, 그리고 내가 이루는 강 말씀이군요."

"그래도 자네 부친이나 연이는 차마 어르신들을 거스르지 못했는데……."

"아버지와 연이 고모가 차마 어쩌지 못했던 이 잔인한 의무를 하늘이 나에게 짊어지게 한 것 같아요."

아저씨 말대로 아버지는 있는 힘을 다해 몸부림쳤지만 할아버지를 거스르지 못했다. 그리고 연이 고모는 한남동 할아버지를 거스르지 못해 스스로 목숨을 끊고 말았을 것이었다.

"그렇다고 이제 와서 자네가 짊어질 게 뭔가. 자네같이 선한 사람이 어딨다고."

아저씨는 더 이상 나를 위로할 말을 찾지 못해 한숨만 퍼내는데 윤태영이 사색이 되어 달려왔다.

"이 판, 도대체 무슨 짓을 한 거야? 꼭 이런 방법이어야 했어?"

　윤태영은 뉴스를 듣고 달려온 것이었다. 인터넷에 기사가 산불처럼 번지고 있다면서 숨을 제대로 쉬지 못했다.

　"나도 백 번 생각했어."

　"다른 사람들처럼 '나는 친일파 후손입니다'라고 고백하는 방법도 있었잖아. 이런다고 세상이 달라질 줄 알아. 왜 무모한 희생을 자초한 거냐구."

　"그래, 윤 판 말이 맞아. 좀처럼 세상이 달라지지 않으니까, 눈썹 하나 까딱하지 않으니까, 누군가는 이 부끄러운 과거사에 불을 놓아야 한다고 생각했어. 누군가는 반드시."

　"그래도 이건 아니야. 준호를 화장하지 않았더라면 무덤에서 벌떡 일어났을 거야."

　윤태영은 하늘이 무너진 것처럼 허탈을 감추지 못했다. 나는 연이 고모 일기장을 꺼내 윤태영에게 건네주었다. 그리고 잠시 망설인 끝에 할아버지가 남긴 글도 함께 건네주었다.

　"이게 뭐지?"

　"이거 모두 내가 쓴 거나 마찬가지야. 아니 내가 쓴 거야. 윤판이 알아서 처리해 줘. 신문사에 갖다 주든지. 아니면 출판사에 갖다 주든지."

　나는 윤태영에게 할아버지의 글과 고모 일기를 세상에 공개해 줄 것을 부탁했다. 그런 다음 준호를 향해 "나 잘했지?"라고 물었다. 준호도 윤태영처럼 왜 그랬느냐고 화를 내는 것 같았다. 나는 묵인하고 살아가는 것은 견디기 힘든 일이기 때문이라고 했다. 그리고 덧붙여 준호 당신이 나에게 쏘아붙인 말 "군수 댁 음식은 개나 주어야 한다."는 말을 너무 늦게 알게 되어 미안하다고 했다. 그것을 아는 데 평생이 걸려서 미안하다고 했지만 준호는 말이 없었다. 대신 설교시간에 그가 즐겨 인용했던 구절 "내가 해 아래서 행하는 모든 일을 본즉 다 헛되어 바람을 잡으려는 것이로다"라는 말씀이 귓가에 맴돌았다. 김준호 목사가 읽어 준 것 같았다.

참 오랜만에 김준호 목사가 읽어 준 것 같은 말씀에 젖어 있는데, 경찰차 사이렌 소리가 요란하게 울렸다. 방화범을 체포하기 위해 경찰이 가까이 오고 있었다. 윤태영이 급히 나에게 다가와 입을 열었다.

"이함, 죽는 날까지 너를 존경한다. 넌 정의를 가슴으로 외웠으니까. 정말로 너의 뼈를 정의로 갈아 끼운 진짜 판사니까."

새삼스러웠다. 법학을 공부하는 대학시절 우리는 우리의 뼈를 정의로 갈아 끼워야 했다. 나중에 버리더라도 그때는 그래야 했다. 우리는 앉으나 서나 '정의란 사회나 공동체를 위한 옳고 바른 도리이다, 정의란 바른 의이다, 플라톤이 강조한 대로 정의란 지혜와 용기와 절제와 완전한 조화를 이루는 것'이라고 외웠다. 머리로 외우는 것이 아니라 가슴으로 외워야 한다고 배웠다. 가르치는 사람들이 가슴으로 외워야 한다고 누누이 강조했지만 어디로 외우든 그것은 각자 자유였다. 그리고 버리는 것도 각자 자유였다. 가르치는 사람들도 가르치고는 대부분 버렸다. 그래서 많은 정의가 버려졌다. 버려진 정의가 함부로 짓밟혔다. 윤태영이 나를 존경한다지만 나도 그중 한 사람이었다.

"당신을 방화범으로 체포합니다. 당신은 변호인을……."

"미란다원칙은 생략해 주시기 바랍니다."

나는 경찰이 피의자를 체포하거나 구속할 때 헌법 제12조 5항에 따라 반드시 고지해야 하는 '변호인을 선임할 수 있고 불리한 진술은 거부할 수 있다'는 속칭 미란다원칙을 재빨리 막았다. 내 행위는 행위 그 자체로 봐서는 안 되며, 단 한 마디의 변론도 가해서는 안 되기 때문이다.

경찰이 내 손목에 수갑을 채웠다. 찰칵, 하고 수갑 채워지는 소리가 내 심장과 뼛속을 관통했다. 영화에서 봤던 독립투사들이 일경에게 체포되는 장면이 떠올랐다. 나도 그들처럼 독립투사가 된 기분이 들었다. 그런데 내 속에서 나를 조소하는 소리가 들렸다. 거사? 이게 무슨 거사라도 되는 줄 아느냐는 질책이었다. 부끄러움이 몰려왔다. 나는 곧 착각에서 깨어났다. 경찰이 말한 대로, 나는 그냥 우리 집에 불을 지른 일개 방화범에 불과했다. 경찰들이 방화범을 태우고 준호가 잠들어 있는 납골당을 떠났다. 차가 경찰서를 향해 달리는 동안 나는 마치 아름다운 시를 낭송하듯이 '나도 준호처럼 역사

앞에 부끄럽지 않은 가문을 갖고 싶다. 나도 준호처럼 세상이
우러러보는 가문보다 내가 자랑하고 싶은 가문을 갖고 싶다.'
고 외웠다.

선택의 선택

'남긴' 것과 '받은' 것, 그리고 '버린' 것에 대하여

박윤영(문학평론가)

1

작가 박정선에겐 다른 무엇보다도 국가라는 거대한 구조 속에서 매 순간 치열하게 고민하고 무엇인가를 선택해야만 하는 개인의 존재가 중요한 질문인 듯 보인다. 이미 한국의 노블레스 오블리주를 실현한 독립운동가 우당(友堂) 이회영(李會榮) 선생의 생애를 다룬『백 년 동안의 침묵』(2012년 문광부우수교양도서)에서 진정한 조국애란 무엇인가라는 진지한 물음을 던진 그녀는 거대 담론을 향해 직행하는 보폭이 큰 작가이다.

박정선 소설의 인물들은 대체로 국권 침탈이나 전쟁에 준하는 도발과 침략 등 극한의 위기상황에 놓여 있는데, 이들은 마침내 어떤 '선택'을 감행함으로써 자신만의 역사를 써 내려간다. 일찍이 평론가 황국명은 장편『수남이』(2006)의 해설에서, 박정선을 "일상의 쇄말사를 조각보처럼 기워내기보다는

단숨에 인간의 본원적인 문제에 직면하는 소설가"라고 평한
바 있다. 해양문학상 대상을 두 번 이상이나 수상한 작가는
연평해전과 독도영유권분쟁 등 굵직한 사건들을 정면으로 돌
파해 나가면서 파란만장한 한국의 근·현대사를 날렵하게 주
유한다.

해마다 쏟아져 나오는 식민지시기를 배경으로 하는 무수한
영화와 드라마가 의미하듯이, 친일 문제는 여전히 현재적이며,
우리 사회의 중요한 어젠다라 할 수 있다. 최근 몇 년간 대중
적으로 큰 성공을 거둔《암살》(2015)이나《밀정》(2016),《군함
도》(2017),《아이 캔 스피크》(2017) 등의 작품들이 일제강점기
를 친일과 반일의 구도로 놓고, 우리 민족의 수난사나 윤리적
선택의 문제, 단죄 등에 집중하는 모습을 보였다면, 박정선의
『유산』은 여기에서 더 나아가 개인적인 것과 역사적인 것의 경
계가 복잡하게 얽혀 있는 친일 청산이라는 문제에 대해 매우
섬세하고도 치열한 통찰을 보여준다. 특히, 이는 식민지시대에
연원을 두고 있으면서도 아직까지 그 해결이 요원한 이 문제
의 본질을 들여다보는 데 있어 하나의 실마리를 제공해 준다
는 점에서 주목받아 마땅하다.

친일과 반일의 프레임 속에서 자신의 위치를 자각하고 이와
동시에 '민족'의 의무와 책임을 깨닫게 되는 과정은 한국 근·
현대문학이 거듭 다루어 온 중요한 테마이다. '유산'이라는 이
소설의 제목이 암시하는 바와 같이, 이 작품에서 문제 삼고 있

는 것은 일제강점기라는 어떤 시대의 '이후'이다.

　박정선의 장편『유산』은 친일파의 후손인 주인공이 자기 내부의 모순을 극복하고 가문의 친일과 그 잔재를 청산하려는 의지를 드러낸 수작이다. 이는 친일과 반일의 프레임으로 나눌 수 없는 실존적 차원의 문제라는 점에서 더욱 의미 깊게 다가온다. 작가는 '독립운동을 하면 삼대가 망하고 친일을 하면 삼대가 흥한다'는 흔한 자조 대신 이들이 남긴 유산이 어떠한 방식으로 계승되고 정리되는가에 집중한다. 그렇다면, 한 마을에서 서로 다른 선택을 한 이함과 김준호의 조부는 후대에 어떠한 유산을 남기고 떠난 것인가.

　이 소설의 주인공인 이함의 조부는 일제 말기에 군수를 지낸 인물로,『친일인명사전』에 따르면, 군수를 비롯하여 판·검사, 군대나 경찰 조직의 간부 등의 조선인 고위 관료는 이러한 지위를 지니고 있었다는 것만으로도 범죄행위로 간주된다. 이는 이들이 다수의 조선인을 억압하고 착취하는 가해자의 위치에서 일제의 파시즘 체제를 공고화하는 데 기여했다는 판단에 따른 것이다. 그러나 주지하다시피, 해방 직후 친일파를 청산하려는 노력은 사실상 실패로 돌아갔고, 청산되지 못한 친일 세력은 소설 속 '한남동 할아버지'(주인공의 작은할아버지)라는 인물이 상징하듯, 독재 정권과 결탁하여 공고한 카르텔을 형성한다.

　소설 속에서 이함은 친할아버지와 작은할아버지, 즉 조부들의 친일 덕분에 유복한 환경에서 성장하며, 별다른 어려움 없이 순조롭게 판사직에 오른다. 반면, 이함과 비슷한 연배의 김준호는 독립운동을 한 조부 때문에 극빈자로 살다가 열악한 환경 탓에 폐암에 걸려 세상을 떠난다. 소설은 김준호와 한 마을에서 나고 자랐으나 정반대의 삶을 살아온 이함의 죄책감과 부끄러움, 그리고 스스로 조부의 유산을 파괴하기까지의 심리적 요동을 박진감 있게 서술한다.

2

준호 할아버지는 독립운동을 하느라 만주에서 떠돌다 돌아가셨고, 준호 아버지는 반민특위 때 반공 이데올로기에 희생되셨고, 준호는 엄밀히 말해 독립운동을 한 할아버지 때문에 극빈자로 살다 2년 전 폐암으로 세상을 떠나고 말았다. 그리고 준호의 동생들, 준희와 준수 남매는 선교사가 되어 아프리카 오지에서 선교사 활동을 하고 있는데 앞으로 한국에서 살아간다는 보장이 없다. 더욱이 고향3.5 집에서 살아간다는 보장은 거의 없다. (56쪽)

준호네 가족사가 너무 기구했다. 할아버지는 일제에, 준호 아버지는 해방기에, 준호는 5공 시대에 3대가 고난을 받은 것

이었다. (156쪽)

　　김준호의 조부가 가족에게 남긴 것은 지독한 가난과 연좌제라는 멍에이다. 다소 과장되어 보이기도 하는 이 설정은 오히려 독립운동가의 후손이 처한 현실과 크게 다르지 않다는 점에서 충격적이다. 가령, 〈뉴스타파〉 취재팀이 작성한 「반민특위 김상덕 위원장의 가족사」*라는 르포는 『유산』에서 김준호 가족이 겪은 수난이 그저 허구적 이야기가 아님을 여실히 보여 준다. 김상덕 선생은 3·1운동의 촉매가 되었던 2·8독립선언을 주도한 인물로, 만주로 망명해 임시정부의 국무위원으로 활동했다. 해방 후, 선생은 국회의원 신분으로 반민특위의 위원장직에 오르지만, 이승만 대통령 등의 방해로 뜻을 이루지 못한 채 사임하고, 한국전쟁이 발발하자 납북된다. 김상덕 선생의 장남인 김정륙은 어린 시절을 중국에서 보냈는데, 가난으로 인해 어머니와 두 동생을 잃었고, 잠깐이지만 고아원에 맡겨지기도 했다. 아버지가 국회의원으로 있었던 몇 년을 제외하고는 안정된 생활을 누려 본 적이 없었다. 주변의 도움으로 간신히 대학에 입학하기는 했으나 학비가 없어 학업을 마치지 못했다. 심지어 이들 가족은 김상덕 선생이 납북되었다는 이유만으로 빨갱이 집안으로 몰리게 되는데, 이 연좌

* 김용진 외, 『친일과 망각』, 다람, 2018, 186~193쪽 참조.

제의 낙인 때문에 김정륙은 막노동과 신문배달로 생계를 이어나갈 수밖에 없었다.

『유산』에서 독립운동가 김상운의 손자인 김준호의 삶은 실존인물인 김정륙의 인생역정과 거의 대부분 일치한다. 조부의 독립운동으로 집안이 기울고, 고모가 위안부로 끌려가는 고통을 겪은 것도 모자라, 아버지가 반민특위를 무력화하려는 국회프락치사건에 휘말리면서 사상범으로 몰려 처형되는 등 가족사의 비극은 끊이지 않는다. 심지어 그는 장발을 했다는 이유만으로 삼청교육대에 붙잡혀 가기도 하는데, 그에게 유독 가혹한 처벌이 가해진 것은 연좌제 때문이었다. 목사가 된 준호가 제한적인 목회 활동만을 이어 갈 수밖에 없었던 이유도 이와 관련된다.

독립운동가 및 그 후손들의 모임인 광복회 회원을 대상으로 시행한 설문조사에 따르면, 이들 중 월 소득이 200만 원이 넘는 경우는 4분의 1도 되지 않았으며 설문자의 70% 이상이 스스로를 하층민으로 인식하는 것으로 나타났다. 당대 최고의 엘리트였던 조상들과는 달리, 이들 가운데 학력이 중졸 이하인 사람은 40% 이상이나 되었다.* 이러한 현실에 비추어 볼 때, 김준호는 친일과 독재로 점철된 한국 현대사의 부조리를 온몸으로 구현하고 있는 인물로, 정의가 실종된 한국 사회의

---

* 김용진 외, 같은 책, 194~196쪽.

어두운 일면을 보여 준다. 그가 살아온 이야기를 따라가다 보면, 어쩔 수 없는 분노와 슬픔, 착잡함을 느끼지 않을 수 없다.

준호는 단 한 마디도 자기 자신을 위한 말은 언급하지 않았다. 약자를 위한 기도를 하면서 억울함을 참을 수 없어 큰 소리로 울부짖고 있었다. 그때는 유신정권 시대였고 1972년 개헌된 유신헌법 제53조를 이용해 대통령은 헌법상 국민의 자유와 권리를 잠정적으로 정지시키는 긴급조치를 발령 중이었다. (139쪽)

우리의 만류로 섬으로 돌아가지 못한 준호는 하남시의 어느 변두리 상가 30여 평 남짓한 공간을 얻어 개척교회 간판을 걸었다. 교인은 할머니 할아버지들뿐이었다. 헌금을 내는 게 아니라 오히려 돌봐 주어야 할 독거노인들이었다. 윤태영과 내가 도울 수 있는 일은 십일조를 준호 교회에 내주는 일이었다. 준호는 따로 일을 하면서 교회를 운영해 나갔다. (중략) 그런대로 잘 지탱해 가는 것 같았다. 고맙다며 윤태영이 가끔 칭찬을 했다. 윤태영이 고맙다고 칭찬을 했지만 그의 삶은 나이를 먹어갈수록 자꾸 힘들어가기만 했다. 50대에 들어섰지만 교회는 성장하지 못했다. 성장은커녕 준호는 계속 독거노인들을 돌봐야 했다. (202쪽)

『유산』에 나타난 김준호의 삶은 그 자체로 거룩하다. 어린 시절부터 "군수 댁 제사음식 따위는 개나 줘야 한다고."(78쪽) 할 정도로 옳고 그름에 대한 민감한 자의식을 지니고 있었던 그는 공장을 전전하며 힘들고 초라한 삶을 이어가면서도 유신정권에 대한 비판의식을 숨기지 않는다. 그는 고학으로 간신히 신학대학을 졸업한 후에도 세속적 이익을 추구하는 삶을 선택하지 않고 모두가 꺼려하는 낮은 곳을 자처한다. "나무 껍질처럼 거칠고 코끼리 거죽처럼 매듭 굵은 그의 손"(113쪽)이 상징하듯, 그의 신산한 삶은 선조로부터 물려받은 것인 동시에 온전히 그가 선택한 것이라는 점에서 많은 감동과 울림을 준다. 그러니까 그가 조부에게 물려받은 것은 가난뿐만이 아니라 결코 외면할 수 없는 어떤 사명인 것이다. 소설 속에서 그것은 윤리의식이나 정의감, 인간애 등으로 구체화되어 나타난다.

조국애나 민족애 등이 낡은 가치로 치부되는 오늘날 소설 『유산』에 나타난 김준호의 삶은 다소 과잉된 작가의식의 투영으로 비춰질 우려를 안고 있다. 김준호 일가의 삶을 통해 다시금 비장하게 상기되는 '지사적 소명'에 대한 작가적 확신과 결의는 혼란스러운 감정으로 이어지기도 한다. 즉, 아직까지 이토록 엄숙한 고전적인 문학관을 고수하고 있는 작가의 존재는 안심과 위안을 주는 동시에 과연 이와 같은 지사적 문학관에 이 시대의 사람들이 얼마나 많이 공감할 수 있을까라는 회의적인 생각을 불러일으키기도 하기 때문이다. 그러나 이 질문을 더욱 밀고 나가면, 박정선의 민족적이고 교훈적인 문학관을 스스로 실천할 의지와 용기를 지니고 있는 작가가 우리 문단에서 매우 드물고 그래서 더욱 소중하다는 결론에 이르게 된다.

박정선은 『유산』에서 김준호의 삶을 통해 우리가 진정 계승해야 할 유산은 무엇인가라는 근본적인 질문을 던진다. "머리 위의 해를 보지 못한 채 욕망의 노예가 되는 어리석은 인간"(11쪽)들이 압도하는 참담한 한국 사회의 현실을 떠올려 보면, 작가의 이 물음 앞에 어쩔 수 없이 약간은 비관적인 생각이 드는 것도 사실이다. 공자의 말처럼, 가난한 생활을 하면서도 그것을 편안히 여겨 도 삼아 즐기는 '안빈낙도(安貧樂道)'는 평범한 사람이 쉽사리 도달하기 어려운 경지다. 더욱이 기득권층의 노골적인 핍박과 이념 공세를 극복하면서 자신의 소명을 지켜 나가는 일은 국가와 민족에 대한 강한 확신 없이는 거의 불가능하다. 그러나 박정선은 이러한 현실의 모순을 그리는 동시에 우리가 계승해야 할 민족적 유산이 무엇인가를 심도 깊게 탐사해 냄으로써 점차 사라져 가는 민족정신의 의미를 되새긴다. 독립운동가가 다시 세운 이 나라에 살면서 정작 그들이 남긴 정신은 망각해 버린 이 야만의 시대에 이 작품이 지닌 의의는 더없이 간절하게 다가온다.

3

 준호는 죽기 직전 "일본이 우리 앞에 사죄하기 전에 먼저 친일파들이 우리 국민 앞에 사죄해야 한다는 것"(215쪽)을 마지막 유언으로 남긴다. 그러나 〈뉴스타파〉의『친일과 망각』취재진이 연락을 취한 350명의 친일파 후손 가운데 선대의 친일행적을 카메라 앞에서 공개적으로 사과한 후손은 한국문인협회 이사장인 문효치를 비롯하여 김경근 목사, 홍영표 의원까지 겨우 3명에 불과했다. 이들을 제외한 347명의 후손들은 이 문제에 대해 묵묵부답으로 일관하거나 변명을 늘어놓기 바빴고, 심지어 분노를 표출하기도 했다. 이러한 현실에 비추어 볼 때, 일본의 사죄를 받는 것보다 친일파와 그 후손들의 사과를 받는 것은 더 요원한 일처럼 느껴진다. 소설 속에서 이함의 어머니를 비롯한 가족들이 보여 주는 작태 또한 이와 크게 다르지 않다.

 박정선의『유산』이 친일 청산이라는 민감한 소재를 다루고 있다는 사실 자체가 이 소설의 평가에 결정적인 영향을 미치는 것은 아니다. 이 작품은 그동안 일면적으로만 형상화되었던 친일파 후손의 양가적이고 모순적인 내면을 심층적으로 묘사하고 있다는 점에서 이 문제가 지닌 복잡성을 드러낸다. 즉, 1인칭 화자인 '나'(이함)에 의해 전개되는 이 소설은 친일파의 후손인 '나'를 주인공이자 관찰자로 설정함으로써 경계인의

160

자리에 위치시키는데, 이는 친일파 후손에게서 흔히 연상되는 비양심과 비도덕, 자기합리화, 역사의식의 부재 등을 작품의 배면에 두고, 다른 차원의 문제에 좀 더 집중하겠다는 의도로 읽힌다.

태어나서부터 줄곧 특권적 환경에서 자라온 이함은 초등학교 시절 '어떤 사건'을 겪으면서 처음으로 정체성에 혼란을 느끼게 된다. 이함의 집은 조부의 이력 때문에 마을에서 일명 '군수 댁'으로 불리는데 사건은 마을 사람들에게 제사 음식을 나누어 주는 일종의 시혜적 행위에서 비롯된다. 전통적으로 제사문화는 가문의 위상을 과시하고 보존하는 기능을 갖는다.

그런데 황송한 태도로 제사 음식을 받아드는 마을 사람들과 달리, 겨우 중학생 정도인 준호는 감히 군수 댁에서 건넨 제사 음식을 개에게 던져 버린다. 이함은 이 일로 심한 충격과 함께 자신의 가계에 얽힌 내력에 의문을 품게 되고, 또 준호네의 사정에도 관심을 기울이게 된다. 이함은 준호라는 존재를 통과하면서 자신을 둘러싸고 있는 완벽한 환경에 완전히 동화되지 못한다.

준호가 울부짖는 기도는 아버지를 떠올리게 했다. 장준하 선생이 의문의 죽음을 했을 때 한남동 할아버지를 찾아와 항의하던 일이 떠올랐다. 아버지가 학교를 그만둔다고 했을 때 우리 할아버지와 언쟁했던 일도 떠올랐다. 준호가 억울해하는 것과 아

버지와 억울해하는 것이 오버랩되면서 나는 그만 숙연해지고 말
았다. 그리고 그날 이후 마치 바람이 몰아다 준 것처럼, 누가 하
나하나 자세하게 읽어 준 것처럼 그의 기도 소리가 내 귀에서 맴
돌았다. 그럴 때마다 가슴이 서늘해졌다. 가슴이 서늘해진 것은,
어릴 때 그가 나에게 쏘아붙였던 말이 다시 떠오른 탓이었다. 준
호가 그들이라고 지칭하는 무리 속에 우리 할아버지가 포함된
것만 같은 생각 때문이었다. (140~141쪽)

이러한 이함의 내적 균열은 친일파의 후손이라는 사실을 못
내 괴로워했던 아버지의 영향 때문이기도 하다. 소설 속에서
이함의 아버지는 조부의 뜻과는 달리 권력과는 거리가 먼 교
수라는 직업을 선택했으나 그 마저도 유신시절에 그만두고 만
다. 이후 정의가 실종된 세상을 비관해 여기저기로 떠돌며 그
림으로 소일하던 끝에 술로 건강을 해치게 되고 이른 나이에
세상을 떠난다. 선대의 부적절한 선택으로 원치 않는 유산을
물려받을 수밖에 없는 입장에 놓였던 아버지는 스스로를 파괴
하는 방식으로 그것으로부터 겨우 벗어난 것이다. 조상이 저
지른 친일에 대한 부채를 안고 방황한 주인공 이함 아버지의
불행한 삶은 친일파 가계 내부의 분열과 갈등을 암시한다는
점에서 의미심장하다. 작가는 그동안 일면적으로만 형상화되
었던 친일 가계의 내부의 혼란을 서늘하게 응시함으로써, 이
문제의 해결 가능성을 새롭게 모색해 낸다.

이함은 이야기 내내 할아버지로 상징되는 가문과, 준호와 아버지로 상징되는 새로운 질서 사이에서 갈등한다. 이함의 망설임은 그저 탐욕적인 악한으로만 규정할 수 없는 조부의 인물됨과 관련하여 더 심화되는 양상을 보인다. 마을 사람들에게 존경과 경외의 대상이었던 조부는 학식과 교양을 겸비한 인물로, 손녀인 이함에게도 훌륭한 어른으로 기억되어 있다. 유년기에 감지된 집안의 추악한 과거는 거의 50년이 지나서야 청산되는데, 작가는 친일 고위 관료였던 조부를 입체적으로 형상화함으로써 이함의 고민이 왜 오래 지속될 수밖에 없었는가를 설득력 있게 제시한다.

이 소설의 가장 충격적인 반전은 조부의 죽음에 얽힌 비밀이 드러나는 후반부에 제시되어 있다. 조부는 손녀에게 남긴 일기에서 자신의 친일 행위가 "가장의 도리"(248쪽)에서 기인한 것이었다고 할지라도, 결국은 패악(悖惡)에 불과한 것이었음을 인정한다. "그런데 밤이면 왜 이다지도 두려워지는가. 왜 무서워지는가."(248쪽)라는 조부의 공포에 찬 독백은 우리가 진정으로 추구해야 하는 가치가 무엇인가를 명확하게 보여 준다. 양심과 실리 사이에서 망설임 없이 실리를 선택한 그가 지상에서 이룩한 모든 것을 뒤로 한 채, 교수형과 다름없는 목맴사로 스스로를 단죄했다는 사실은 일견 마땅하게 느껴지기도 하지만, 다른 한편으로는 친일 문제가 담지하고 있는 끈질긴 내적 모순성에 대해 생각해 보게 한다.

우리 집 둥근 기둥에 손을 짚었다. 그리고 할아버지가 세우고, 거기에 스스로 목을 매달은 둥근 기둥을 더듬어 보았다. 할아버지는 영원히 천년만년 우리에게 튼튼한 기둥이 되어 주고 싶었을 것이었다. 그래서 기둥을 우리나라에서 제일가는 안면송 둥근 기둥으로 바꾸었을 것이었다. 기둥을 두 팔로 안아 봤다. 할아버지를 안아드리듯 한참을 안았다. 생각해 보면 노트에 고해성사 같은 고백을 남기고 기둥에 목을 맨 할아버지는 민족과 나라 앞에 사죄했다고 볼 수 있다. 그런데 사죄는 공개적이어야 한다는 게 문제였다. 범법자가 자살했다는 이유로 그가 저지른 범죄가 상쇄되지 못한 것과 같은 맥락이기 때문이다.

나는 이제 미련 없이 내가 태어나 자란 집, 할아버지가 분신처럼 아낀 우리 집을 해체하기로 한다. (258쪽)

이 소설의 공간적 배경인 '상리의 본가'는 다양한 상징성을 지니는데, 이는 일차적으로는 '조부'와 '집안' '가계' 등을 의미하며, 언젠가 이함이 물려받게 될 '유산'이라는 점에서 이 글의 제목을 연상하게 한다. 이 집의 "둥근 기둥"은 가문의 영속적이고 무한한 번영과 힘을 의미한다는 점에서 "이함"이라는 인물의 이름과 일맥상통한다. 조부는 손녀의 이름에 '함(咸)'이라는 글자를 넣음으로써 가문의 권세가 모든 것에 두루 미치기를 바랐다.

그러나 유산은 이미 주어진 것, 혹은 물려받은 것이라는 점에서 고정된 것처럼 보이지만, 철저하게 남은 자의 몫이라는 점에서 변화 가능성을 지닌다. 이함이 스스로를 "세상을 향하여 무언가를 단 하나도 빼지 않고 고해야 하는 의무를 짊어지고 있는"(39쪽) 사람으로 인식하며, 자신의 이름에 "단 하나도 빼지 않고 모두 고한다."(39쪽)라는 '함고(咸告)'의 뜻을 새롭게 부여한 것이 바로 그것이다. 소설의 말미에서 이함은 자기 가문의 모순을 내적으로 완전하게 극복하며 거의 반평생에 걸쳐 고민해 온 일을 드디어 감행하는데, 그것은 바로 집을 불태우는 상징적인 행위를 통해 나타난다. 이때, 불은 파괴와 정화라는 두 가지 이미지를 지니며, 나아가 생성이라는 가치로 확장된다. 박정선은 이 장면에서 친일 청산 문제의 본질이 친일이라는 유산을 물려받은 우리 세대의 선택에 달려 있다는 사회적 메시지를 강렬하게 전달한다.

4

　　"나는 역사에 빛나는 가문보다 역사 앞에 부끄럽지 않은 가문이기를 원한다. 나는 세상이 우러러보는 가문보다는 내가 자랑하고 싶은 가문을 갖고 싶다. 나는 세상이 존경하는 아버지가 아니라 내가 존경하는 아버지를 갖고 싶다. 우리 아버지와 우리 큰아버지가 그런 일을 했다는 것은 하늘의 해가 갑자기 사라져 버리는 것만 같은 충격이었다. 더 이상 말해서 무엇하랴. 내 앞 날은 암흑이다." (254~255쪽)

한남동 할아버지의 딸인 연이 고모는 가문의 악행을 알게 된 충격으로 자살한 인물이다. 해방 이후에도 군 요직과 경찰 조직을 거치며 권력의 심장부에서 단 한 번도 벗어나지 않았던 한남동 할아버지는 딸의 죽음을 가문에 대한 배신으로 규정한다. 그러나 "물불 가리지 않고 그곳에 오르기 위하여 갖은 방법을 모색해야"(104쪽) 하는 불합리함에 대해 "눈을 들어 하늘을 보기가 죄송한 탓"(103쪽)으로 목숨을 끊은 연이 고모의 일기는 다음 세대인 함이에게 부끄러움에 대한 감각을 상기시킴으로써 아버지 세대의 실패를 극복하게 하는 또 다른 계기를 마련해 준다.

아직까지도 일본군 위안부나 강제징용 등의 문제에는 주목하면서도 정작 우리 내부의 친일에 대해서는 묵과하거나 금기시하는 경향이 팽배하다. 그러나 박정선의『유산』은 이 불편한 진실과 마주함으로써 친일 청산이라는 문제의 현재성에 주목한다. 이 소설의 문학적 미덕은 새롭게 주어진 역사적 맥락 속에서 이 문제를 본격적으로 성찰해 냈다는 데 있다. 일제강점기라는 참담한 시대가 남긴 유산은 이제 우리 앞에 또 다른 선택지를 펼쳐 보이고 있다. 한국 사회에서 친일 문제는 내재적 모순의 상태에 놓여 있는 일종의 아포리아이다. 박정선의『유산』을 읽으며 우리는 다시금 이 문제에 대해 근본적으로 고민하게 될 것이다. 과연 우리는 다음 세대에 어떠한 유산을 남길 수 있을까. 유산은 곧 미래이다.

역사는 현재와 과거 사이의 끊임없는 대화이다
  -에드워드. H. 카

    소설은 이걸 반드시 써야 한다는 강렬한 신념이 있을 때 쓰는 것이라고 작가들은 믿고 있다. 그걸 작가적 소명이라고 한다. 이 글을 누가 얼마나 읽어줄까? 하는 계산 따위는 작가답지 않다. 이번에는 '날개'가 작가적 소명을 몹시도 채근했다.

    평소 날개에 대하여 생각할 때가 많았다. 새가 두 날개로 바람을 가르며 높은 하늘을 나는 것을 볼 때마다 대칭을 이룬 날개를 생각한 것이다. 나비가 사뿐거리며 나는 것을 볼 때도, 가을날 한가롭게 한들거리는 고추잠자리를 볼 때도, 하다못해 풀벌레를 볼 때도 좌우 양 날개가 이루어내는 중심에 대하여 생각하는 것이다.

    답답하게도 우리나라는 사회를 분열시키는 이데올로기, 비합리적이고 정치 감정적인 좌, 우, 대립이 아직도 존재하는 까닭이다. 이 지독한 악습의 근거는 엄밀히 말해 일제강점기에서 출발한다. 당시 제국주의를 표방하는 일제는 항일운동을 하는 독립투사들을 공산주의자로 몰아붙였다. 또한 일제는 '천박하고 무지한 상것들이 독립운동을 한다'고 비난했는데 맞는 말이다. 을사늑약부터 대대적으로 일어난 항일운동이나 병합 이후 독립운동은 주로 힘없는 계층이 주류를 이루었기 때문이다.

일찍이 강대국이 남의 나라를 늑탈함에 있어 '협력 없는 지배 없다'는 말은 뼈아픈 사실이다. 당시 우리나라 관료들이 일제에 적극적으로 협력하지 않았다면 그렇게 쉽게 나라를 빼앗기지는 않았을 것이기 때문이다. 그들을 일러 역사는 친일파라고 부른다. 친일파도 악질과 양질이 있으되, 그들은 가장 악질에 속한다. 따라서 일제강점기 동안 악질 친일인사들이 발표한 글을 보면 분노를 뛰어넘어 할 말을 잃게 된다. 그들은 진심으로 일제 천황을 조선의 아버지로 부르며 추앙했기 때문이다. 그들은 유사 이래 조선이 이렇게 행복한(병합된 것) 적이 없었다고 감격했다. 창씨개명은 일본과 우리가 고대로부터 한 핏줄이니 중국식 이름을 버리고 일본식 이름을 따르는 것이야말로 제 혈통을 찾아가는 순리라고 했다. 국어(일본어)를 사용하게 허락해준 것이나 징병으로 조선 청년을 뽑아준 것도 천황이 조선을 자기 자식으로 인정해준 것이니 황송하기 짝이 없는 황은이라고 했다. 나라가(일제) 자식을 우리에게 잠시 맡긴 것뿐이니 나라(일제)가 필요로 할 때 기쁘게 자식을 내어줌이 황국신민으로서 어버이 천황에 대한 도리라고 했다. 그래서 조선인은 살아도 천황을 위해 살아야 하고 죽어도 천황을 위해 죽어야 한다고 했다. 이런 글은 특히 소설가 이광수를 비롯한 문인들이 화려한 필력을 날렸다.

일제에게 나라를 늑탈당한 것은 을사늑약부터였고 박은식(1859~1925)의『한국통사』를 보면 강제된 을사늑약은 먼저 의친왕 이강, 영선군 이준용 등 일부 황족들과 민간단체로 위장한 일진회의 간부 송병준, 이용구 등의 기여가 컸다는 것을 알 수 있다. 박은식은 위의 책에서 우리나라는 사대부들 가운데 국가와 민족을 위해 피 흘리는 자는 별로 없지만 정권쟁탈이 극심하여 정권쟁탈을 위해 죽이거나 죽은 자는 많으니 참으로 비통한 일이라며 통탄했다. 1910년 8월 29일 한일병합 당시만 해도 일제는 대한제국을 병합하고 나서 그 공로를 다름 아닌 당시 대한제국 집권당의 영수들에게 돌렸다. 일제는 조선총독부의 기관지 〈매일신문〉을 통해 한일병합조약 제5조의 "일본 황제폐하는 훈공勳功이 있는 조선인으로서 특히 표창에 적당하다고 인정된 자에게 영작榮爵을 수여하고 또 은급恩級을 부여한다."는 내용에 따라 조선귀족령을 선포하고 일등 공신 황족들과 대신 이완용과 한창수 등을 중심으로 76명에게 합방 공로 작위를 내렸다. 황족들에게는 후작 또는 백작을 내렸다. 이완용, 한창수 같은 공신에게도 후작을 내렸고 그 아래로는 자작과 남작을 수여했다.

　나라를 망하게 하는 데 공을 세운 공로로 귀족자리를 꿰어찬 그들은 한평생 당당하게 권세와 영화를 누리면서 일제처럼 독립운동을 천박한 짓, 비애국적인 망령된 짓이라고 비판했다. 그들이 독립운동을 천박하게 여긴 것은 간단하게 풀이된다. 조선의 사대부는 국가의 주체노릇을 하면서 민초들이 바친 녹을 먹고 민초들이 지켜주는 나라에서 신분을 유지하는 특권을 누렸기 때문이다. 그들에게는 특권만 있고 나라를 지키는 병역의무 따위는 없었다. 유성룡이 지은 『징비록』을 보면 나라가 백척간두百尺竿頭(임란)에 걸려 있는 다급한 상황이라 유성룡이 성균관 젊은 유생들을 모아놓고 싸움터에 나가달라고 설득하자 온갖 핑계를 대며 모두 피해버리는 것을 발견할 수 있다.

　박은식이 나라를 잃었을 때 사대부들의 항일투쟁을 찾아보기 힘들었던 것을 질타한 것처럼 친일파들은 일제가 한반도를 병합하는 데 전력을 바쳐 협력했고, 일제강점기 내내 부귀영화를 누리다가 해방이 되자 다시 해방정국의 요직에 앉았다. 사실 해방이 되자 '그들은 어디론가 도망을 치고 말았다가' 정권이 친일파들에게 돌아오자 다시 나타났던 것이다. 그러므로 그들에게는 국가에 대한 정체성이 있을 리 없었다. 국가에 대한 정체성이 없는 그들은 정권을 유지하는 데 방패막이가 필요했다. 이름하여 공산주의였다. 말할 것도 없이 자유민주주의 국가에서 경계해야 했던 것은 공산주의였다. 좌파라고도 부르는 이 공산주의가 그들의 권력을 사수하는 데 방패막이가 되어준 것은 당연히 북한 때문이었다. 따라서 우리나라에서 좌파라는 말은 북한 이미지와 직결되는 매우 위험한 단어였다.

우리와 대척점에 놓여 있는 북한, 주지하다시피 르네상스와 함께 인류는 자신이라는 개인을 인식하기 시작했다. 비로소 자기 자신을 정신적 존재로서 인정하게 된 것이다. 그 이전의 개인(나)은 신의 것이거나, 민족의 일부이거나 단체나 당의 일부에 불과했기 때문이다. 그렇게 시작된 개인은 자본주의와 프로테스탄티즘으로 이어졌고 산업혁명의 토대를 이루면서 자유방임의 이론을 받쳐주게 되었다. 그리고 프랑스혁명이 선언한 인간과 시민의 권리는 마침내 '개인의 권리'로 부상하게 되었다. 이렇게 형성된 개인주의는 19세기의 핵심 철학인 최대 다수의 최대 행복을 추구하는 공리주의功利主義와 자유민주주의의 이론으로 존재하게 되었다.

그러나 북한은 아직도 개인(나)이 없는 사회에 머물러 있다. 그러니까 중세 르네상스 이전의 전체주의의 민족, 또는 당의 일원으로만 존재하는 것이다.

인류학자들은 문명인에 비하여 미개인이 훨씬 더 쉽게 어떤 사회적 존재로 '완전하게' 만들어진다고 강조한다. 즉 문명화

된 사회에 비하여 단순한 사회, 문화적으로 미개한 사회가 쉽게 획일화된다는 주장이다. 인간을 지배하는 첫째 조건은 '먹고사는 문제'로부터 출발하며 이것은 비문화적이고 미개할수록 잘 먹힌다는 것과 상통하는 말이다. 이 말은 김일성이 해방과 함께 친일지주들로부터 몰수한 토지를 북한주민들에게 무상분배하여 주민들로부터 눈물겨운 지지를 받으면서 북한사회를 획일화시키는 데 성공한 것과 잘 맞아떨어진다.

먼저 일제는 한일병합 초기 일찌감치 토지조사사업에 착수했다. 동양척식주식회사를 설립하여 액면 상 합법적인 방법을 통해 토지 착취를 시작했는데 자경농민까지 소작농으로 전락시켜버리고 말았다. 이렇게 일제가 토지를 중심으로 완벽하게 일을 도모할 수 있었던 것은 친일지주인 토착 지주세력과 결탁이 이루어진 덕택이었다. 친일지주들은 일제를 등에 업고 소작 농민들로부터 가혹한 소작료를 징수하면서 농민들의 목을 조였다.

이런 이유로 해방과 함께 토지개혁은 반드시 해결해야 할 불가피한 과제로 떠오르게 되었고 남북한 모두 이 점을 중차대하게 인식하고 있었다. 당시 한반도는 국가 기반이 농업인 탓이었다. 국민의 90퍼센트가 농민이었고 그 가운데 소작농이 80퍼센트였다. 이 80퍼센트는 땅 한 뼘 없는 전면 소작농과 약간의 자기 땅을 겸해서 소작을 하는 자경 농민을 합한 통계인데 약간의 땅을 가진 농민들마저 전면 소작농민으로 전락해

버린 상태였다.

　토지개혁은 한반도에서만 실시된 것이 아니라 제2차 세계대전 이후 여러 나라에서 실시되었다. 미 군정하의 일본에서도 실시되었다. 방법 면에서 개인의 재산권을 존중하는 자유민주주의 국가에서는 유상몰수와 유상분배 방식을 취한 것이 일반적이었다. 그러나 공산주의를 지향하는 북한에서는 과격한 무상몰수와 무상분배 방식을 채택했다. 해방과 함께 북한은 북조선임시인민위원회에 따라 1946년 3월 5일 토지개혁법령을 발표하고 나섰다. 북한이 발표한 토지개혁법령의 기본내용은 놀랍게도 기존의 토지소유관계를 전면 부정한 것이었다. 공산당 지도 아래 마을별로 빈농과 고농을 중심으로 북한 전역에서 11,500개소의 농촌위원회가 조직되었다. 한 개소마다 5, 6명으로 구성된 농촌위원회는 마을마다 토지대장을 작성하여 법령에 따라 5정보(일만 오천 평) 이상의 소유자의 토지와 모든 소작지를 몰수하고, 분배할 토지를 선정하면서 일사분란하게 일을 처리해나갔다.

　북한은 이런 방법으로 불과 한 달 만에 친일지주들을 척결하여 그들로부터 환수한 토지를 주민들에게 무상분배했고 모처럼 땅을 실감하게 된 북한주민들은 김일성을 향해 감격에 찬 지지를 보내기 시작했다.(그렇다고 주민들이 토지 소유권까지 분배받은 것은 아니었다. 7년 동안 형식상으로만 토지소유권 증서를 받은 것이었다.) 김일성은 이런 시대적 배경에 힘입어 70

년대까지 순조롭게 북한 경제를 이끌었다. 이것은 김일성이 위대해서가 아니라 시대가 만들어낸 결과였음에도 북한 주민들은 김일성 영웅주의에 빠져들었고 아직도 구국의 아버지라는 향수에 젖어 하늘이 무너져도 결코 잊어서는 안 되는 절대자로 추앙하고 있다.

따라서 독재는 잘못이지만 경제발전을 위해서는 용인할 수 있다는 생각, 독재를 해서라도 경제발전을 해야 한다는 생각은 북한의 김일성 독재에 대한 합리론이라고 해도 틀린 말이 아니다. 러시아인 박노자(본명 블라디미르 티호노프, 2001년 한국 귀화, 조선학과 졸업 후 모스크바 대학에서 고대 가야사연구로 박사 취득, 노르웨이 오슬로 대학의 한국학과 동아시아학과 교수)는『주식회사 대한민국』이라는 책을 통해 '역사를 올바르게 분석하려면 과학적이어야 한다'고 강조한다. 정치적 명분이나 목적을 뛰어넘어 독재는 잘못이지만 경제발전은 성공했다는 식의 양비론적 평가는 과학적이지 못하다는 것이다. 박노자의 이와 같은 생각은 '역사는 과학'이라고 한 에드워드 H. 카(Edward Hallett Carr, 1892~1982)의 생각과 일치한다. 이들은 역사를 과학적으로 평가하는 방법은 '그 나라뿐만 아니라 당대 국제적인 맥락을 고려하여 종합적으로 파악하는 것'이 정작 옳은 방법이라고 강조한 것이다.

사실 독재는 잘못이지만 경제발전은 성공했다는 양비론적 평가는 우리나라의 60년대, 70년대에 대한 평가라고 해야 더

적절할 것이다. 북한주민들의 김일성에 대한 향수 못지않게 우리나라 기성세대들도 60년대, 70년대의 경제발전에 대한 향수를 '종교적 신념'처럼 품고 있기 때문이다. 이에 대하여 박노자는 "당시는 동아시아에 있어서 자본주의의 본격적인 성장기였다. 세계 자본주의 황금기는 50년대에서 70년대에 걸쳐 진행되었다. 당시는 동아시아 전체가 세계시장과 연동되어 미증유의 성장을 경험했기 때문이다. 1960년대와 1989년 사이 한국과 대만의 평균 연간 1인당 국민소득 성장률이 차이가 나지 않는다. 한국의 고속성장은 당시 자본주의적 동아시아 국가로서 전형적인 모습이었다. 이런 성장은 비단 동아시아뿐만 아니었다."고 강조한다.(박노자, 『주식회사 대한민국』, 한겨레출판, 2016. 146~148면)

아무튼 먹고사는 문제는, 문명화된 사회에 비하여 미개한 사회가 쉽게 획일적이 된다는 인류학자들의 말대로 남과 북에서 당대 지도자에 대한 절대적인 신뢰를 가져오게 되었다. 따라서 북에서는 김일성 개인의 자유와 권리를 억압하고 오로지 지도자의 권위를 절대화하는 전체주의를 뛰어넘어 파시즘 독재로 굳어지게 되었다.

한편 우리나라에서는 좌와 우의 대립이 정권유지의 수단으로 활용되었는데 사실 유럽에서 시작된 좌와 우의 본질은 우리가 생각하는 이데올로기와 전혀 다른 성격을 갖고 있다. 중

세 유럽 봉건시대에 자신들의 이익을 지키려는 상인들과 '봉건영주'에게 맞서 농노들의 권익을 지키려고 한 사람들을 좌파라고 불렀다. 또한 프랑스혁명 당시에는 '절대군주의 권력'에 맞서 프랑스 전체 시민의 권리를 지키려고 한 사람들을 좌파라고 불렀다. 좌와 우가 정치적 의미로 사용되기 시작한 것도 프랑스 혁명기였다. 1789년 혁명 직후 소집된 국민의회에서 의장석을 기준으로 오른쪽에 왕당파가 앉고 왼쪽에 공화파가 앉은 것이 그 기원이 되었다. 프랑스 혁명 이후 공화파가 장악한 국민공회(1792년)에서도 좌측에 농민과 노동자, 빈민 등을 대변하는 급진개혁적인 사회주의 자코뱅당 의원들이 앉고 오른쪽에는 자본주의, 상공업자, 부자 등을 대변하는 보수적인 온건개혁파 지롱드당 의원들이 앉았았다.(가운데는 중간파 마레당이 앉음)

따라서 프랑스에서 보수적이거나 혁명의 진행에 소극적이고 온건한 세력은 우익으로, 상대적으로 급진적인 세력은 좌익으로 나누는 것이 혁명기를 관통한 하나의 관행이었다. 이후 좌파 우파의 정치세력 구분은 유럽 정치에서 하나의 모델이 되었다. 당시 좌와 우의 특성을 비교해보면, 좌파는 기득권에 집중되어 있는 구조를 좀 더 수평적으로 변화시키기를 원했다. 우파는 배타적, 민족주의적, 보수를 지향하면서 과거를 중시하며 약육강식, 적자생존을 추구했다. 좌파는 윤리중심사회와 미래와 평등주의와 이상주의를 추구하면서 현 체제의 단

점을 개혁해나가는 진보주의를 선호했다. 우파는 도덕중심사회를 추구하면서 불편해도 지금 이대로가 좋다는 보존주의를 선호했다.

이런 식으로 좌와 우는 오른손과 왼손처럼 힘의 균형이 맞지 않았다. 왼손처럼 왼쪽이 약하고 오른손처럼 오른쪽이 강했다. 우파는 주로 사회적 우위에 있는 집단으로 정치적으로 우월한 위치를 선점했다. 우파는 급진적 사회변화를 거부하면서 스스로의 집단 이익을 위해 극단 자본주의와 시장경제에서 신자유주의를 선호했다. 이와 달리 좌파는 사회적으로 열세한 위치에 있었으므로 우파에 집중되어 있는 자본과 권한을 분배하는 사회를 지향하면서 사회적 열세에 있는 집단 이익을 대변했다.

이와 같은 전례를 바탕으로 오늘날 민주주의의 정체성은 좌파에 있고, 모든 민주주의 국가는 좌파와 우파로 나누어 대립하는 현상을 보인다. 우리나라는 해방 이후 정권을 선점한 집단이 자칭 우파, 보수라고 자처했다. 정권과 함께 자본주의 사회에서 우의를 점하고 있는 '우파'와 '보수'라는 이념까지 미리 선점해버린 것이다. 반면 정권을 잡지 못한 쪽은 그들의 이념이나 정체성과 상관없이 좌파로 몰렸다. 뿐만 아니라 우리나라에서의 기득권 세력은 '남북이 갈라지지 않았더라면 어쩔 뻔했을까?' 싶을 정도로 좌를 가지고 국민을 대립시켰다. 안보를 어떤 집단의 정치권력을 위한 특허품처럼 이용한 탓이었다.

국민들 역시 자신의 정체성과 상관없이 지지하는 정당에 따라 좌가 되고 우가 되었다. 이로 인하여 국민 정서가 무자비하게 훼손되었을 뿐만 아니라 막대한 사회비용을 치러야 했다.

그 여파로 우리 사회에는 아직도 정치적으로 종북좌파라는 말을 입에 올리는 사람들이 있다. 심지어 친구, 친지, 가족 간에도 갈등을 만들어주는 이 저주스러운 말은 정치적 반대파에게 국가에 반하는 부정적 이미지를 씌우자는 데 목적을 두고 있다. 이 모든 것은 반드시 청산했어야 할 친일파들이 정치적으로 우위를 차지했던 결과이며 그들이 물려준 가장 비극적인 유산에 다름 아니다.

이탈리아 역사가 크로체(Benedetto Croce, 1866~1952)는 모든 역사는 현대사라고 선언했다. 이 말은 현재의 눈으로 현재의 문제에 비추어 과거를 돌아본다는 것이다.

지금도 우리 사회는 친일파에 대한 반성과 비판을 강하게 거부하는 친일파 옹호자들이 존재한다. 그들은 거침없이 "그때 친일 안한 사람 어디 있느냐, 목에 칼을 들이대는데 도리가 없지 않느냐"고 항변한다. 그렇다면 광복군은 무엇이며 수많은 독립투사들이 투쟁하다 목숨을 잃은 것은 무엇인가. 또한 일제가 목에 칼을 들이댄 것은 오로지 항일운동을 하는 반일자들뿐이었다. 옹호자들은 다시 미래를 들고 나온다. 이미 지나가버린 과거를 가지고 언제까지 왈가왈부할 것이냐며 다가오는 미래를 위해 이미 흘러가버린 과거에 매달려서는 안 된다는 것이다.

　그들의 주장은 절반은 맞고 절반은 틀렸다. 미래에 대한 염려는 지당하기 짝이 없고 미래를 위해 반성해야 할 과거를 그냥 버려야 한다는 것은 틀렸다. 그들은 그 참혹한 역사를 그냥 지나가버리는 것으로, 사용하다 버리는 물건처럼 버려지는 것으로 인식하고 있는 탓이다. '역사 공부는 원인에 대한 연구'이며 역사 연구는 '끊임없이 왜?'라는 질문을 던지는 것이라고 E. H. 카는 강조한다. 카는 다시 역사는 끊임없이 진보하는 과정이라고 했다. '끊임없이 왜?'라는 질문을 던지는 것, '역사는 끊임없이 진보한다는 것'은 미래를 가리키는 말이다.

　'어느 한쪽이 싫어 지구를 잘라내 버릴 수 없듯이' 시간은 과거와 미래가 따로 분리되어 있는 것이 아니라 하나로 연결되어 있는 연속성이다. 역사는 과거가 만들어내지만 한 번 만들어진 역사는 마치 한 그루 나무처럼 가지를 뻗으면서 미래로 이어지면서 또 다른 역사를 만들어내는 끝없는 연속성이다.

　근대세계의 변화는 인간의 의식이 진전됨에 따라 나타난 산물이며 이 위대한 변화의 첫 시작은 데카르트에서 비롯되었다고 정의한다. '나는 생각한다. 고로 나는 존재한다.'는 코기토(Cogito)로부터 인간이라는 존재는 사고의 능력만 가지고 있는 것이 아니라 자신의 사고를 다시 사고할 수 있는 존재임을 처음으로 확립했기 때문이다. 인간은 사고의 주체이자 객체가 될 수 있는 존재이기 때문에 역사는 생각하기에 따라 미래에 대한 반영이 달라진다고 '카'는 강조한다.

　독일과 달리 일본은 좀처럼 인류 앞에 무릎을 꿇을 생각을 하지 않는다. 코기토의 부재 탓이다. 친일파들(이제는 그 후손들) 역시 좀처럼 고개 숙일 생각을 하지 않는다. 이 또한 코기토의 부재 탓이다. 인류사의 대학살 극, 600백만 이상 학살을 당한 유태인들이 '용서하되 결코 잊지는 말아야 한다'고 다짐하면서 그 참담한 역사 교육에 치중한 것은 미래를 위해서라고 한다.

　일제가 만들어준 악의 역사를 일본은 철저히 무시하고 있다. 그들이 악의 역사를 무시하는 데는 그들만의 잘못이 아니다. 그러니까 한국의 당사자들(친일파 세력)도 반성은커녕 눈썹 하나 까딱하지 않는데 왜 우리가 부지런하게 나서서 사과할 필요가 있느냐는 속내, 한국의 친일파들이 그랬듯이 태연하게, 뻔뻔하게, 버텨보자는 계산이 엿보이는 건 결코 오해가 아니다. 아직도 한국에 친일파를 옹호하는 세력들이 건재하다는 것, 그로 인하여 우리가 화합하지 못하는 현실이 일본에겐 반가울 따름이다. 새들의 두 날개가 보여주듯이 좌와 우는 무생물이든 생물이든 중심을 잡기 위해 나란히 대칭을 이룬다.

　때마침 가을이다. 아름다운 대칭을 소망하며 하늘을 본다. 지겨운 폭염을 몰아낸 가을 하늘에서 하얀 뭉게구름이 새로운 그림을 그리고 있다. 그리로 가을 까마귀들이 날아간다. 높다란 창공을 가르는 균형의 힘……. 까악, 까악, 하늘을 울리는 청량한 공명도 공명이지만 근사하게 대칭을 이룬 두 날개가 몹시도 부럽다. 우리의 찬란한 미래를 위하여 버려야할 유산, 과거사 청산은 반성하자는 것이다. 국가와 민족 앞에 미안하고 죄송하게 고개 숙이며 살아가는 것이다. 반드시 저마다 가슴속에서 친일에 대한 반성이 꼭 이루어져야만 하고, 그것이 이루어지는 날 우리 사회는 새들의 두 날개처럼 비로소 아름다운 대칭을 이루게 될 것이라 믿는다.

2018년 10월
부산 해운대 장산 아래 집필실에서
박정선

박정선

박정선 작가는 소설가, 시인, 문학평론가로 활동하고 있으며 숙명여자대
학교 대학원 국문학과를 졸업했다.

소설로 영남일보 신춘문예 당선, 심훈문학상, 영남일보문학상, 해양문학
상 대상, 한국해양문학상 대상, 아라홍련문학상 대상, 천강문학상, 김만
중 문학상 등을 수상했다.

장편으로『수남이』(2006년 한국예술위 창작지원 선정),『백 년 동안의
침묵』(2012년 문광부 우수교양도서 선정),『동해아리랑』(한국해양문학
상 대상 작품),『가을의 유머』,『새들의 눈물』(김만중 문학상),『남태평양
엔 길이 없다』(한국해양문학상 우수) 등이 있으며 소설집으로『청춘예
찬 시대는 끝났다』(2015년 우수출판콘텐츠 선정)『내일 또 봐요』,『와인
파티』,『변명』,『표류』등이 있다.

시집으로는『바람 부는 날엔 그냥 집으로 갈 수 없다』외 10권을 출간했
다. 이 외에 에세이집『고독은 열정을 창출한다』, 평론집『사유와 미학』,
연구서『인간에 대한 질문-손창섭론』,『해방기소설론』,『오영진론-현대
장르』등이 있다. 명진초등학교(부산) 교가를 지었다.

:: 산지니 · 해피북미디어가 펴낸 큰글씨책 ::

문학

해상화열전(전6권) 한방경 지음 · 김영옥 옮김

유산(전2권) 박정선 장편소설

신불산(전2권) 안재성 지음

나의 아버지 박판수(전2권) 안재성 지음

나는 장성택입니다(전2권) 정광모 소설집

우리들, 킴(전2권) 황은덕 소설집

거기서, 도란도란(전2권) 이상섭 팩션집
*2018 이주홍문학상 선정도서

폭식광대 권리 소설집

생각하는 사람들(전2권) 정영선 장편소설

삼겹살(전2권) 정형남 장편소설

1980(전2권) 노재열 장편소설

물의 시간(전2권) 정영선 장편소설

나는 나(전2권) 가네코 후미코 옥중수기

토스쿠(전2권) 정광모 장편소설
*2016 세종도서 문학나눔 선정도서

가을의 유머 박정선 장편소설

붉은 등, 닫힌 문, 출구 없음(전2권)
김비 장편소설

편지 정태규 창작집
*2015 세종도서 문학나눔 선정도서

진경산수 정형남 소설집

노루똥 정형남 소설집

유마도(전2권) 강남주 장편소설
*2018 대한출판문화협회 청소년도서

레드 아일랜드(전2권) 김유철 장편소설

화염의 탑(전2권)
후루카와 가오루 지음 | 조정민 옮김

감꽃 떨어질 때(전2권) 정형남 장편소설
*2014 세종도서 문학나눔 선정도서

칼춤(전2권) 김춘복 장편소설

목화―소설 문익점(전2권) 표성흠 장편소설
*2014 세종도서 문학나눔 선정도서

번개와 천둥(전2권) 이규정 장편소설
*2015 부산문화재단 우수도서

밤의 눈(전2권) 조갑상 장편소설
*제28회 만해문학상 수상작

사할린(전5권) 이규정 현장취재 장편소설

테하차피의 달 조갑상 소설집
*2011 이주홍문학상 수상도서

무위능력 김종목 시조집
*2016 부산문화재단 올해의 문학 선정도서

금정산을 보냈다 최영철 시집
*2015 원북원부산 선정도서

인문

효 사상과 불교 도웅스님 지음

지역에서 행복하게 출판하기 강수걸 외 지음

재미있는 사찰이야기 한정갑 지음

귀농, 참 좋다 장병윤 지음

당당한 안녕―죽음을 배우다 이기숙 지음

모녀5세대 이기숙 지음

한 권으로 읽는 중국문화
공봉진 · 이강인 · 조윤경 지음
*2010 문화체육관광부 우수학술도서

차의 책 The Book of Tea
오카쿠라 텐신 지음 | 정천구 옮김

불교(佛敎)와 마음 황정원 지음

논어, 그 일상의 정치(전5권) 정천구 지음

중용, 어울림의 길(전3권) 정천구 지음

맹자, 시대를 찌르다(전5권) 정천구 지음

한비자, 난세의 통치학(전5권) 정천구 지음

대학, 정치를 배우다(전4권) 정천구 지음